LA TUTRICE DEL PRINCIPE

SCANDALI REALI: SAN RIMINI

NICOLE BURNHAM

La tutrice del principe

Scandali Reali: San Rimini - Libro 3

Traduzione italiana: Ernesto Pavan

Titolo originale: The Prince's Tutor

ISBN: 978-1-941828-64-9 (edición impresa)

ISBN: 978-1-941828-63-2 (libro electrónico)

Iscriviti qui alla newsletter in italiano di Nicole. Gli abbonati ricevono materiale bonus e informazioni sulle prossime uscite. Puoi annullare l'iscrizione in qualsiasi momento.

"*MI SCUSI.*[1] IL principe Marco diTalora è qui? Devo parlargli con estrema urgenza."

Amanda Hutton cercò di ignorare le occhiate discrete – e quelle indiscrete – dei ricchi giocatori d'azzardo mentre chiedeva al direttore del lussuoso casinò Campione la stessa domanda che aveva posto discretamente in tre altre bische nell'ultima ora.

Se non avesse trovato il principe vagabondo e non lo avesse portato immediatamente al Duomo, il matrimonio fra il principe ereditario del minuscolo Palese, Antony diTalora, e la migliore amica di Amanda, Jennifer Allen, sarebbe iniziato in ritardo. Nonostante la presenza di duecento invitati nella famosa cattedrale del Paese, sarebbe stato difficile dare inizio alla cerimonia senza il testimone dello sposo.

Amanda lottò contro l'impazienza mentre l'appesantito direttore la osservava con il fastidio negli occhi. L'uomo non si comportò in modo diverso dagli altri tre direttori mentre prendeva atto del suo abito formale color rosa e delle scarpe abbinate. Disegnato per un matrimonio reale, non era il classico abito da damigella, ma il taglio non era certo paragonabile agli abiti di Valentino e Chanel sfoggiati dall'élite di San Rimini che si faceva largo fra le fila di tavoli di blackjack e dadi, con bevande costose in mano.

Dopo tre secchi *"no"* dai direttori degli altri casinò in risposta alle sue domande, Amanda non intendeva perdere tempo mentre il direttore numero quattro cercava di stimare il valore dei suoi abiti e dei suoi gioielli.

"Per favore," esordì, dando per scontato che il direttore parlasse inglese oltre all'italiano che era la lingua di San Rimini, "mi rendo conto che ci sono questioni di privacy, ma–"

"Come si chiama?" L'uomo inarcò un sopracciglio cespuglioso come per chiedere *Come osa presentare richieste?*

"Amanda. Amanda Hutton. Come stavo per spiegare, mi manda–"

"Lei deve sapere, Amanda Hutton, che quando il principe Marco è ospite di questo locale, non deve essere disturbato." L'uomo sottolineò la sua affermazione con un sorriso condiscendente, come se rispondesse di continuo a domande del genere da parte di donne e il nome Amanda Hutton non significasse nulla per lui.

Ciononostante, il cuore di Amanda cambiò marcia. Non solo quel direttore parlava un inglese perfetto, ma la vanteria nella sua voce diceva che il principe Marco era proprio lì.

Prima che lei potesse spiegare la delicata situazione, il direttore aggiunse: "Magari potrebbe aspettare di fuori. Con le altre." Gesticolò oltre le slot-machine tintinnanti verso una lunga fila di porte girevoli di vetro e ottone che si aprivano sul viale più famoso di San Rimini, la Strada il Teatro.

Amanda seguì la direzione del suo braccio. Diverse giovani donne in succinti abitini estivi attendevano all'esterno. Alcune si tiravano i capelli, disponendo ad arte le ciocche sulle spalle, mentre le altre si controllavano i denti o il trucco con le fotocamere dei telefoni. Tutte sembravano in attesa di una visione del principe Marco. O della possibilità di passargli il numero di telefono.

Amanda sfoderò un sorriso conciliatore e rispose: "Certo. Mi dispiace averla disturbata."

Il direttore prese atto delle sue parole con un cenno del capo, ma la guardò storto fino a quando Amanda non si voltò e non si incamminò verso l'uscita.

Passando lo sguardo sulla stanza principale della lussuosa bisca mentre camminava, Amanda intravide una scala lungo una parete. Nelle vicinanze sostava un'altra guardia armata. L'uomo teneva un pollice agganciato con noncuranza alla cintura e parlava con un cliente, ma teneva un occhio fisso sui gradini. Amanda si disse che o il casinò teneva i contanti in cima a quelle scale o era lì che si trovavano le sale da gioco private.

Sperò che l'ipotesi corretta fosse la seconda.

Sotto lo sguardo vigile del direttore, Amanda uscì dal casinò, ma rimase vicino alla porta, nei pressi delle donne bighellonanti, come se seguisse principi tutti i giorni.

Sfortunatamente, il direttore non si smosse dalla sua posizione al centro del casinò, lasciandole poche speranze di rientrare non vista.

Amanda scese sul marciapiede, quindi si schermò gli occhi dalla luce del sole per leggere l'ora sull'orologio della torre annessa alla Rocca di Zaffiro, il palazzo reale di San Rimini, che sorgeva in cima a una collina a meno di quindici minuti di camminata a ovest.

Le tre e mezza. A un'ora appena dalla cerimonia, era impossibile che lei potesse spiegare la situazione al direttore del casinò senza mettere in imbarazzo la famiglia reale. Non che il direttore volesse prestarle orecchio.

Avrebbe potuto uccidere il principe Marco. Come poteva il direttore – come poteva l'intera nazione – non sapere dove il principe avrebbe dovuto essere in quel momento? Negli ultimi otto anni, da quando si era laureata, Amanda lavorava con i figli dei dignitari. In tutto quel tempo, non aveva mai incontrato un bambino irresponsabile quanto quel principe. Che peraltro aveva venticinque anni.

"Una vacanza dovevo fare, una," brontolò fra sé. Quella settimana era la sua occasione di lasciarsi alle spalle tutto – di visitare uno dei Paesi più belli al mondo, di partecipare al matrimonio della sua migliore amica e di incrociare diverse fra le persone più ricche e famose d'Europa. Ma anziché trascorrere il pomeriggio mordicchiando canapè e facendosi acconciare i capelli, stava correndo per San Rimini in un paio di scarpe spaventosamente scomode, alla ricerca di un principe viziato che era andato a giocare d'azzardo invece di stare al fianco dello sposo. Il principe Marco non si era presentato al pranzo di ricevimento organizzato dal fratello per accogliere i VIP che si erano recati a San Rimini per partecipare al matrimonio e ora, anche se Amanda fosse riuscita a portare il principe al Duomo in tempo per la cerimonia, sarebbe arrivata fradicia di sudore.

O meglio: fradicia di sudore e con le vesciche ai piedi. E avrebbe dovuto essere perfetta nelle foto del matrimonio.

Quella non era la pausa che aveva immaginato di fare prima di dover tornare alla realtà e all'affitto arretrato da pagare a Washington.

Un'ondata di risate giunse dalle donne in attesa. Amanda le ignorò e riportò l'attenzione sull'interno del casinò.

Il direttore era distratto da una cliente ben vestita. La donna mosse un braccio carico di braccialetti per indicare un punto verso la parete posteriore del casinò. Il direttore scosse ripetutamente la testa, quindi sollevò un dito mentre faceva una telefonata. Strinse gli occhi per il fastidio, poi mise il telefono in tasca, disse qualcosa alla donna e la seguì, allontanandosi dalla vista dell'ingresso principale.

Approfittando dell'occasione, Amanda oltrepassò la porta girevole e si diresse subito verso le scale.

La guardia che teneva un occhio fisso sulle scale scattò sull'attenti. "Posso aiutarla?"

Dal suo atteggiamento, Amanda capì che nemmeno lui intendeva lasciarle raggiungere il principe Marco. Esitò per un momento, quindi disse: "Lo spero. Ha presente quelle donne là fuori? Sono qui per vedere il principe Marco."

Un angolo della bocca della guardia si sollevò. "E allora?"

"Beh, ho sentito una di loro dire che sapeva con che auto era arrivato il principe e che le portiere erano sbloccate. Voleva cercare di intrufolarsi sul sedile posteriore e aspettarlo lì. Pensavo che fosse il caso di farlo sapere a qualcuno."

La guardia la osservò per un momento mentre Amanda faceva del proprio meglio per darsi un'aria da buona samaritana. Tuttavia, invece di allontanarsi per dare un'occhiata alle donne come Amanda aveva sperato, l'uomo si portò una mano alla tempia e premette un pulsante sull'auricolare. Un attimo dopo, il suo cellulare vibrò e lui cominciò a parlare rapidamente in un italiano dal forte accento sanriminese. Amanda capì il minimo necessario a rendersi conto che la guardia aveva intenzione di rimanere dov'era.

Qualche parola di risposta riecheggiò dal telefono. La guardia esitò, quindi guardò accigliato Amanda. "Che aspetto ha?"

"Magra, con un vestito verde e giallo. Non molto alta. Più o meno come me," improvvisò Amanda, ben sapendo che nessuna delle donne là fuori corrispondeva a quella descrizione. "Credo che abbia fatto il giro del palazzo, magari per guardare nel parcheggio. Non lo ha detto. Se c'è bisogno che la identifichi, sarò lieta di aspettare qui mentre lei va a controllare."

L'uomo esitò e Amanda si affrettò a indicare le sue scarpe. "Verrei anch'io, ma non credo che riuscirei a tenere il suo passo con queste. Riesco a malapena ad attraversare il casinò. Sono uscita perché volevo chiamare un passaggio, ma ho sentito le donne che parlavano mentre cercavo il numero."

Invece di rispondere ad Amanda, la guardia ripeté la descrizione al telefono, ascoltò per un istante e chiuse la telefonata. Quando lei rimase dov'era, disse: "La situazione è sotto controllo. Grazie."

"Oh. Ottimo. Vuole che resti qui, nel caso abbia bisogno che io confermi la descrizione?"

La scrollata di spalle dell'uomo era una combinazione di *Faccia quello che vuole* e *Il parcheggio non mi riguarda*.

In quel momento, una certa agitazione ebbe inizio all'esterno. Amanda e la guardia sollevarono lo sguardo in tempo per vedere una delle donne spintonarne un'altra. Era palese, dal linguaggio corporeo di tutte, che le due avevano già avuto una discussione e che la situazione era degenerata. Amanda indicò uno sgabello di cuoio rosso di fronte a una slot-machine libera. "Aspetterò qui."

La guardia non parve cogliere la sua affermazione mentre si incamminava verso l'ingresso, portando una mano all'auricolare. Era palese che non intendeva uscire lui stesso, ma solo limitarsi a segnalare ciò che aveva visto in modo che altri affrontassero la situazione. Dicendosi che quella era la sua unica possibilità, Amanda attese che l'uomo le voltasse completamente le spalle, quindi salì di corsa la stretta scala. Nel momento in cui arrivò in cima, trattenne un'imprecazione. Almeno una dozzina di porte chiuse si apriva sul corridoio con la moquette di fronte a lei. Come avrebbe fatto a indovinare in quale stanza si trovava il principe?

La guardia sarebbe tornata al proprio posto a momenti. E considerata la sua brusca sparizione, lei era sicura che avrebbe ficcato la testa di sopra per assicurarsi che non fosse andata in quella direzione.

Amanda percorse il corridoio nel modo più rapido e silenzioso possibile, fermandosi a tendere l'orecchio in corrispondenza di ciascuna soglia. Diverse delle porte avevano targhe d'ottone che le designavano come uffici. Le altre, tuttavia, erano indicate come suite e ciascuna portava il nome di una celebrità locale. Amanda aveva l'orecchio premuto a una che portava il nome di un famoso oceanografo quando, dall'estremità del corridoio, udì il suono inconfondibile di giocatori d'azzardo che esultavano dopo una vittoria importante. Dopo essersi lanciata un'occhiata alle spalle per assicurarsi che la guardia non l'avesse seguita, si avvicinò alla suite da dove credeva provenisse il suono. A differenza delle altre, la sua targa diceva semplicemente *Privato*.[2]

Amanda aspettò per un momento, ascoltando. Dapprima, le voci furono difficili da distinguere; poi, la voce di una donna si levò al di sopra delle altre per annunciare in inglese: "Il banco ha blackjack," seguita da qualche brontolio. Amanda provò a girare la maniglia. Quando essa cedette, lei sbirciò all'interno.

Ovviamente, come se fosse ispirata alla scena di un film di James Bond, la lussuosissima suite moderna era progettata per rivolgersi a quei giocatori la cui ricchezza richiedeva uno spazio privato dove giocare d'azzardo. Alla sinistra di Amanda, un bar ben fornito copriva una parete e un barista in uniforme stava dietro il liscio bancone di granito nero, intento a lucidare bicchieri costosi a un livello immacolato. Portacandele da parete di cristallo proiettavano una morbida luce nella stanza e una spessa moquette grigia attutiva il rumore dei passi per mantenere un'atmosfera di quiete.

Di fronte ad Amanda, tende di seta bianca incorniciavano tre finestre a parete, ciascuna delle quali offriva una splendida visuale sulla baia di San Rimini e sul mare Adriatico.

Amanda spostò l'attenzione sull'interno della stanza, dove nessun altro parve notare il suo arrivo non annunciato. Al centro si trovava un singolo tavolo da blackjack, gestito da una bionda dalle gambe lunghe con una corta gonna nera, un gilet nero e un'immacolata camicia bianca. I quattro giocatori seduti dimostravano fra i venticinque e i trent'anni ed erano ben vestiti, con smoking e camicie bianche di sartoria. Amanda individuò subito il principe Marco diTalora.

Era molto più attraente di come lo raffigurava il ritratto ufficiale.

Sedeva con la mascella poggiata nel palmo della mano, le dita infilate in ondulati capelli biondi baciati dal sole appena al di sopra dell'orecchio. Intelligenti occhi azzurro-acciaio osservavano i movimenti della mazziera mentre questa passava la mano sul tavolo di feltro, indicando silenziosamente agli uomini di fare le loro scommesse.

Il principe Marco si raddrizzò, quindi spinse in avanti un grosso mucchio di fiches. La sua bocca si curvò in un sorriso quando l'uomo accanto a lui lo punzecchiò con una gomitata. Il principe aveva labbra piene – molto baciabili, decise Amanda – e denti bianchi e dritti come in un film. I suoi zigomi abbronzati erano alti e definiti, come quelli di un modello, anche se, a differenza di molti modelli maschi, Marco non era un manico di scopa adolescente pronto a camminare per una passerella. Le sue ampie spalle riempivano alla perfezione lo smoking.

Amanda diede una seconda occhiata ai capelli del principe, ora che le sue mani non li tormentavano più. Leggermente arruffati, come se l'uomo fosse appena uscito dal letto e se li fosse lisciati con le dita, il loro non era uno stile che gridava ricchezza. Il primo bottone della camicia era slacciato e il cravattino penzolava sciolto.

I casi erano due: o le eminenze grigie di palazzo lo avevano costretto ad andare dal barbiere prima del ritratto formale, oppure quest'ultimo era stato realizzato durante il servizio militare. Sebbene Marco avesse il portamento sicuro di sé di un principe, Amanda sospettava che preferisse quell'immagine da ragazzaccio a qualcosa di più raffinato.

Per quanto bacchettona fosse Amanda, decise che anche lei lo preferiva così. I capelli riflettevano il linguaggio del corpo alla mano del principe. Ciononostante, questi aveva bisogno di avere un aspetto regale e in fretta, per evitare che la cerimonia si attardasse. Amanda trasse un respiro profondo per farsi forza, quindi entrò completamente nella stanza.

"*Mi scusi*[3], principe Marco," esordì. "Stavo–"

"Andando via." Amanda sobbalzò quando la guardia, rossa in viso per la rabbia, le avvolse le dita attorno al braccio, poco sopra il gomito. "*Mi dispiace*[4], Vostra Altezza. Mi sono distratto un momento e lei è corsa qui dal pianterreno. Non accadrà più." La guardia rivolse ad Amanda un'occhiata assassina, quindi cominciò a trascinarla in corridoio.

"Per favore," esclamò Amanda, voltando la testa verso il principe mentre appoggiava una mano allo stipite della porta. "Mi manda–"

"*Va bene*[5], Ivan. Lasciala stare."

Marco la stupì lanciando una rapida occhiata alla guardia, che mollò subito la presa sul braccio di Amanda.

"Ma... Sì, certo, principe Marco." La confusa guardia si inchinò, quindi girò sui tacchi, presumibilmente per tornare alla sua postazione.

Il principe si voltò verso il tavolo, l'attenzione fissa sul gioco mentre la mazziera gli dava un re.

Amanda staccò le dita dallo stipite della porta, quindi si incamminò lentamente verso il tavolo. Gli uomini erano concentrati sul gioco, ma lei non poteva più aspettare. "Vostra Altezza, come stavo dicendo, mi manda–"

"Lei deve essere la signorina Hutton." Il principe non distolse lo sguardo dalle carte. "Chiedo scusa, ma non ricordo il suo nome. Non mi sono dimenticato il matrimonio. Arriverò tra un minuto. Si senta pure libera di ordinare da bere." L'uomo fece un gesto distratto verso il bar.

Amanda rimase di stucco. L'inglese del principe era fantastico – sembrava americano quanto lei – e a quanto pareva lui conosceva il suo nome – più o meno – e la aspettava.

"Come facevate a sapere che sarei venuta qui?"

Il principe rise, anche se il suo sguardo non si spostò dalle carte che aveva di fronte. "Non possono mancare più di due ore al matrimonio di Antony. Immaginavo che lui o Jennifer avrebbero mandato qualcuno quando non mi sono presentato a pranzo."

"Vorrei aver saltato io stesso quel pranzo," commentò uno degli uomini. "Una delle giornaliste di *Notizie Reali* mi ha messo all'angolo per quasi quindici minuti. Com'è che si chiama… Val Dempsey? Conversare con lei è come essere ammanettati a una parete. Non c'è via di fuga. E sapete chi altri era presente?" Menzionò un'attrice francese, quindi lamentò il fatto che non era stata lei a metterlo all'angolo. O ad ammanettarlo.

Mentre un altro degli uomini esprimeva il suo parere riguardo all'attrice francese e alle manette, Marco squadrò rapidamente Amanda. "Immagino che lei sia la damigella d'onore. Mio fratello mi ha detto ripetutamente che la damigella d'onore era americana. La compagna di stanza di Jennifer al college. E si chiamava…" Il principe schioccò le dita. "*Amanda* Hutton."

Amanda vacillò, incerta sul da farsi. Aveva pensato solo a individuare il principe scomparso, non a cosa avrebbe detto quando lo avrebbe trovato. Doveva convincerlo ad andarsene subito, non dopo un drink o due.

"A dire il vero, principe Marco," cercò di spiegare, "abbiamo solo un'ora. Probabilmente meno, ora che–"

La mazziera servì a Marco un secondo re.

Amanda fece un involontario passo indietro quando i compagni di gioco di Marco esultarono sguaiatamente. Lei aveva giocato a blackjack una sola volta, durante un fine settimana ad Atlantic City dopo il college, ma sapeva riconoscere una buona mano. Dato che la mazziera aveva un sette scoperto e, probabilmente, il punteggio migliore che poteva ottenere era un diciassette, Marco aveva appena ottenuto una vittoria importante.

Convertendo mentalmente in denaro le fiches nere che

Marco aveva messo in gioco, giunse alla conclusione che il principe si era giocato grossomodo sei mesi del reddito di Amanda. Lordo.

Marco ignorò l'esultanza. Invece, contò un altro enorme mucchio di fiches e lo mise accanto al primo.

"Li divido."

"*Folle*[6]!" L'uomo che si era lamentato della giornalista scosse la testa e, sebbene Amanda non conoscesse molto bell'italiano, lo conosceva abbastanza per concordare. La decisione del principe era assurda. Una follia.

Il secondo uomo disse: "Se vuoi buttare i tuoi soldi, Marco, mi vengono in mente modi migliori."

Le sopracciglia della mazziera si sollevarono di una frazione di centimetro, ma lei non disse nulla. Separò i due re in modo che giacessero fianco a fianco, quindi estrasse una carta dal sabot e la mise accanto al primo re.

"Sei fa sedici."

Estrasse un'altra carta, piazzandola accanto al secondo re. "Di nuovo sedici."

Gli amici di Marco gemettero all'unisono.

L'ultimo giocatore prese la parola, in un inglese dall'accento britannico. "Mi dispiace, Marco. Per fortuna che puoi permettertelo."

La mazziera finì con gli altri giocatori, quindi voltò la propria carta.

"Sette e quattro fa undici–"

"Farà meglio a non fare ventuno due volte di fila," la interruppe il britannico. "Potrei non essere in grado di spiegare a mia moglie perché non possiamo permetterci un dono dignitoso per la coppia reale."

La mazziera sorrise, ma continuò voltare carte. "E due fa tredici e una regina fa ventitré. Il banco sballa."

Attorno al tavolo si levò un grido di gioia.

"Mia moglie sarà contenta," disse il britannico, dando una pacca sulla spalla del principe. "Che ti è preso?"

Marco sollevò le spalle con noncuranza. "Era la mia ultima mano. Tanto valeva provarci."

Arrotolò la manica della camicia per rivelare una spessa linea di abbronzatura al posto dell'orologio. "Beh, non c'è da stupirsi che sia in ritardo. Devo averlo dimenticato a casa. Voi signori farete meglio a sbrigarvi se volete trovare posto." Il principe diede alcune fiches nere di mancia alla mazziera proprio mentre il direttore del casinò entrava nella stanza. L'uomo corpulento fulminò Amanda con lo sguardo per una frazione di secondo, quindi si inchinò a Marco, tutto sorrisi. "Era tutto di vostro gradimento, Altezza?"

"Raffaella ha svolto il suo lavoro in maniera eccezionale, come sempre. Forse dovrebbe ricevere un aumento." L'ammiccamento salace che il principe rivolse alla mazziera fece venire ad Amanda voglia di vomitare.

"Naturalmente, naturalmente." Il direttore annuì, fin troppo ansioso di compiacere il principe. "Volete convertire le fiches in denaro o preferite che il loro valore venga depositato sul vostro conto?"

"Sul conto," rispose Marco, scendendo dallo sgabello con più grazia di quanta Amanda avrebbe ritenuto possibile da parte di un ventenne giocatore d'azzardo che non si perdeva mai una buona festa. Forse, in quanto principe, l'uomo aveva imparato qualche piacevolezza sociale.

O almeno qualunque abilità sociale gli permettesse di attirare le donne. Lo sguardo della mazziera si fissò sul posteriore del principe quando questi voltò le spalle al tavolo.

Il direttore cominciò a raccogliere le fiches del principe, ma prima che potesse finire, Marco gli diede una pacca sulla spalla. "Ho cambiato idea. La prego di fare in modo che il denaro venga versato al Fondo Universitario Sanriminese presso la Banca Nazionale. Una donazione anonima in onore del matrimonio del principe Antony con Jennifer Allen. E voi" – Marco sollevò un dito di ammonizione e guardò uno alla volta i suoi compari prima che il suo sguardo si posasse su Amanda – "non dite una parola. Dico sul serio: voglio che la donazione sia anonima."

Gli uomini mormorarono il loro assenso. Amanda fece lo stesso, anche se Jennifer si sarebbe sicuramente incuriosita riguardo alla fonte della generosa donazione al progetto benefico sostenuto da lei e dal principe Antony. Conoscendo Jennifer, avrebbe indagato fino a scoprire l'identità del donatore misterioso. Ma considerata l'impressione che Amanda aveva avuto del principe fino a quel momento, avrebbe potuto volerci un po'. Non riusciva a immaginare che Jennifer sospettasse che il contributo venisse da Marco.

"Sarei onorato di occuparmene di persona, Vostra Altezza," disse il direttore del casinò, inchinandosi più profondamente del necessario.

"La ringrazio, ma preferirei che mandasse qualcun altro. E che non accennasse al fatto che il versamento viene dal Casinò Campione."

Il sorriso del direttore si smorzò leggermente mentre questi si raddrizzava, ma egli mantenne la flemma. "Come desiderate."

"Ottimo. Ora devo partecipare a un matrimonio." Si abbottonò la camicia, si allacciò il cravattino – senza bisogno di uno specchio, notò Amanda – quindi le fece cenno di precederla fino alla porta. "Signorina Hutton?"

Mentre uscivano in corridoio, il principe si aggiustò la giacca dello smoking, mandando un leggero aroma di colonia nella direzione di Amanda. Qualunque profumo usasse era al tempo stesso accattivante e sorprendentemente discreto.

"Siete stato generoso."

"In realtà, mi sentivo in colpa," confessò il principe. "Ho trascorso l'ultima settimana facendo snorkeling in Grecia. Non ho avuto tempo di acquistare un dono decoroso. Solo degli sciocchi candelabri di cristallo suggeriti da mio padre."

Amanda si costrinse a non affermare l'ovvio: che Marco aveva avuto il tempo per giocare. Ma il dono era comunque generoso. Conoscendo Antony e Jennifer, lo avrebbero apprezzato molto più dei candelabri.

Marco si passò una mano fra i capelli, lasciandoli sfortunatamente più arruffati di prima. "Posso presentarmi a un matrimonio reale in questo stato?"

"Sono certa che non sfigurerete, Vostra Altezza." Amanda cercò di non fissarlo inebetita. Era abituata ad avere a che fare con le élite, per via del suo lavoro. Aveva persino trascorso un mese alla Casa Bianca, insegnando ai figli del presidente come comportarsi con i dignitari stranieri. E in quanto figlia di un ex-ambasciatore, era cresciuta circondata dai potenti.

E tuttavia, nulla l'aveva preparata al principe Marco. L'uomo era il reale meno reale del mondo. Se lei lo avesse semplicemente incrociato al matrimonio, senza averlo mai visto in fotografia, lo avrebbe scambiato per un imbucato attraente piuttosto che per un membro della famiglia reale sanriminese. Il genere di imbucato che di solito spariva assieme a una damigella a fine serata.

"Non sfigurerò? È la prima volta che me lo sento dire. Si suppone che lei mi dica che ho un aspetto favoloso. Sexy." Marco le lanciò un sorriso colmo di sicurezza. "Dovrebbe almeno dire 'Ma certo, Vostra altezza,' oppure 'Splendido smoking, Vostra Altezza.' Non che non sfigurerò e basta."

Amanda azzardò un'occhiata. L'uomo torreggiava su di lei di quasi trenta centimetri. Era alto circa un metro e ottantacinque, forse anche uno e novanta. Con i capelli in disordine, il conto in banca gigantesco e il lignaggio impeccabile, Amanda era certa che le donne lo trovassero sexy. *Lei* lo riteneva sexy, nonostante il modo in cui si comportava. Ma non aveva intenzione di dirglielo, non nei confini ristretti di un piccolo corridoio di casinò.

E di sicuro non quando lui sembrava perfettamente consapevole del proprio fascino.

"Dove avete studiato l'inglese?" chiese invece. "Sembrate cresciuto nella casa accanto alla famiglia Cleaver. Ho conosciuto i vostri fratelli ed entrambi si esprimono in maniera più formale. E con un accento."

L'alzata di sopracciglio del principe indicò che aveva capito benissimo che lei stava cercando di cambiare argomento. "Antony e Federico hanno iniziato a imparare l'inglese dalla loro balia, che era di Londra, e sono stati educati qui e in Italia, dove la maggior parte dei loro docenti parlava l'inglese britannico. Io ho avuto una balia americana e sono andato a scuola negli Stati Uniti, anche se non ho mai visto una singola puntata del *Carissimo Billy*. Lo danno ancora in televisione?"

Amanda era stupita dal fatto che Marco aveva colto il riferimento. La maggior parte dei suoi amici non lo avrebbe fatto. Oh, avrebbero fatto finta, ma nel migliore dei casi avrebbero capito solo che si trattava di una vecchia serie che non avevano mai visto.

"Fatemi indovinare. UNLV?" scherzò Amanda mentre scendevano i gradini che portavano alla sala principale del casinò.

"Princeton. Ci credereste?"

"Immagino di sì. È vicino ad Atlantic City."

Il principe rise durante il tragitto per la sala del casinò, dove i ricchi clienti lo fissarono mentre oltrepassava i tavoli da gioco e le slot-machine. L'ormai familiare guardia si mise al passo accanto al principe Marco, passando lo sguardo da una parte all'altra della stanza mentre si avvicinavano alle porte che davano sulla Strada il Teatro.

Ivan le lanciò un'occhiata, all'apparenza in pace con la sua presenza, quindi si rivolse al principe. "L'auto di Vostra Altezza è pronta. Il conducente dice che può portarvi al Duomo in dieci minuti, ma dovrete fare il giro largo. La strada principale è affollata da gente che vuole vedere la carrozza. Dovreste comunque riuscire ad arrivare alla cerimonia con un certo anticipo."

La guardia oltrepassò le porte a vetri, passò lo sguardo sull'ampio marciapiedi e poi indicò loro una Range Rover nera immacolata che attendeva a bordo strada.

Uscendo nello splendente sole pomeridiano, Amanda notò che il marciapiedi era ora vuoto. I casi erano due: o le donne si erano arrese, oppure – più probabilmente – erano state allontanate. Il sollievo la travolse. Considerata la natura civettuola di colui che era venuta a cercare, dubitava che il principe avrebbe avuto fretta di salire a bordo del veicolo se si fosse trovato di fronte un gruppo di donne disponibili.

Rimase indietro fino a quando Ivan non accompagnò Marco attorno all'auto per farlo salire sul sedile posteriore dal lato opposto. Il conducente fece per aprire la portiera, scendere e aiutarla, ma lei gli disse di non disturbarsi, quindi sollevò la gonna voluminosa dell'abito quanto bastava per permetterle di salire sull'alto veicolo dal marciapiedi. L'abito si impigliò nella cintura, ma Marco si allungò per liberarlo con uno scatto del polso prima che lei potesse afferrare il tessuto intrappolato.

"Grazie. Queste auto non sono fatte per i vestiti delle damigelle," disse lei una volta che furono entrambi seduti al sicuro all'interno delle norme SUV.

Marco rivolse un'occhiata scettica all'ammasso di tessuto rosa, che lei aveva raccolto per evitare che invadesse completamente il sedile posteriore o – peggio ancora – si riversasse in grembo al principe. "È il contrario," disse. "I vestiti delle damigelle non sono fatti per essere indossati in queste auto."

Amanda avvampò. Marco aveva parlato come se la situazione fosse conseguenza di un errore di lei, quando Amanda non avrebbe dovuto cercare di far stare il vestito sul sedile posteriore se Marco fosse rimasto con Antony come previsto.

"Ascolti," proseguì l'uomo, "apprezzo i suoi sforzi per farmi arrivare in tempo alla cerimonia, ma Antony sa quanto detesto questi eventi. Mi rendo conto che si tratta di un matrimonio molto modesto per un principe ereditario, ma mio fratello è comunque un principe ereditario. Gli ho detto ripetutamente che non mi interessavano tutti quei ridicoli eventi prematrimoniali, figuriamoci i paparazzi che cercano sempre di scattare foto." Lanciò un'occhiata fuori dalla finestra, ma Amanda colse l'espressione di disappunto che gli attraversò il viso. "Antony avrebbe dovuto sapere che sarei venuto al matrimonio vero e proprio. In vita mia, non sono mai mancato a un evento davvero importante."

Amanda non disse nulla, stupita da quello scorcio della personalità del principe. Di tutti i membri della famiglia reale di San Rimini, Marco era quello che attirava meno l'attenzione ed era quello il motivo per cui lei aveva cercato una sua foto prima di andare a cercarlo. Non aveva avuto la certezza di riconoscerlo. Ma la mancanza di attenzione non era dovuta al fatto che egli era il più giovane, come lei aveva immaginato. Era dovuta al fatto che lui la evitava.

Interessante, considerato ciò che lei aveva visto delle interazioni del principe con i suoi amici.

Un attimo dopo, Marco si voltò verso di lei. "Perché hanno mandato lei invece di uno degli amici di Antony? Noi non ci conosciamo."

Amanda fece spallucce. "La maggior parte degli amici di Antony è nota alla stampa."

"Mi faccia indovinare. Sarebbero stati seguiti per tutta la città, si sarebbe scoperto che io mancavo e la stampa mi avrebbe dipinto come irresponsabile?"

"Può darsi," ammise Amanda. Lo aveva creduto lei stessa, anche se ora si domandava se la sua valutazione iniziale non fosse stata troppo dura. "Inoltre, Jennifer e Antony sapevano che, se la stampa avesse avuto sentore, vostro padre avrebbe scoperto che non eravate dove dovevate essere. Quando me ne sono andata, lui non aveva ancora notato la vostra assenza.

Jennifer ha accennato che re Eduardo è preoccupato dal vostro comportamento, negli ultimi tempi."

La bocca di Marco si strinse in una linea cupa e sottile, per cui Amanda si affrettò a deviare dall'argomento del re. "A ogni modo, dato che io sono straniera, era difficile che avrei attirato l'attenzione, anche correndo per la città con questo vestito e facendo domande. Jennifer e sua madre stavano per lasciare il palazzo per recarsi al camerino del Duomo, per cui ho detto a Jennifer che non avrei avuto problemi a vestirmi a palazzo e a incontrarla laggiù. Potevo saltare il parrucchiere."

"Non era necessario, ma grazie. Sono certo che Antony e Jennifer apprezzino." Marco guardò accigliato l'abito di Amanda, poi aggiunse: "Il minimo che possa fare in cambio è mettervi a vostro agio." Il principe si slacciò la cintura, quindi scivolò sul lato di Amanda.

Prima che lei potesse capire cosa stava facendo, Marco le mise una mano sulla coscia.

CAPITOLO 2

Amanda si ritrasse per quanto consentito dalla cintura e lanciò un grido che ricordava quello di un cagnolino innocente che si era preso un'artigliata dal gatto del vicino.

Marco notò l'autista lanciare un'occhiata nello specchietto, accigliarsi e distogliere lo sguardo. Per fortuna Filippo lo conosceva meglio di quella donna, oppure avrebbe fatto inversione e si sarebbe diretto verso la stazione di polizia più vicina.

Marco allontanò la mano dalla snella bruna, la sollevò e la girò in modo che lei vedesse prima il palmo e poi il dorso. "Non c'è bisogno di urlare. È solo la mia mano."

"Beh, tenetela a posto." La donna si raddrizzò sul sedile, poi aggiunse, come se ci avesse pensato dopo: "Vostra Altezza."

"Senta, voglio solo sistemarle il vestito. Nient'altro."

Accidenti, quanto era tesa quella donna. Marco si sporse verso di lei, riportando lentamente la mano alla sua gamba. Una gamba particolarmente piacevole – lo si capiva anche attraverso quella massa di tessuto – ma lui non aveva intenzione di fare ciò che lei palesemente sospettava.

L'ansia che colmava gli occhi nocciola della donna si attenuò leggermente, ma le sue spalle rimasero ritratte rispetto allo sterno, premute con forza sullo schienale del sedile.

Marco prese una manciata di seta rosa scuro dal grembo di Amanda e la stese sul sedile fra di loro. Poi, dopo essersi allungato, prese un'altra manciata di materiale e la lasciò ricadere in un'onda fra il lato del sedile di lei e la portiera del passeggero.

"Visto?" Sollevò di nuovo le mani, sperando che lei si rendesse conto che le sue intenzioni erano innocenti. "Non ha senso lasciare che la damigella d'onore si spiegazzi il vestito prima dell'evento principale."

"No, immagino di no." Amanda gli rivolse un mezzo sorriso, ma esso svanì quando lui prese le sue mani chiuse a pugno e gliele sollevò con delicatezza dal grembo.

"Si rilassi," disse Marco. La donna esitò, poi, dopo una brevissima indecisione, fece come lui le aveva chiesto e lasciò andare il tessuto che stringeva.

Marco le rivolse quello che sperava fosse un sorriso rassicurante, quindi si chinò a catturare la zona vicino all'orlo e diede una rapida scrollata al vestito.

"Voilà." Mosse la mano sopra il grembo di Amanda, come se avesse appena concluso un trucco magico. "Persino le cariatidi di palazzo non potrebbero criticarla, ora. Starà benissimo in tutte le foto."

La donna abbassò lo sguardo sul vestito, poi lo spostò su di lui mentre la Range Rover lasciava la Strada il Teatro per uno sconnesso acciottolato. "Grazie."

"Di nulla. È il minimo che potessi fare, considerato che qualunque grinza sarebbe stata colpa mia." Marco le lanciò un'occhiata di sbieco. La donna sembrava ancora nervosa. "Ciò detto, se dovessi toccarla di nuovo, la prego di non pensare male di me. Ci si aspetterà che balliamo insieme al ricevimento. Non so cosa farebbe la sicurezza se lei si mettesse a urlare."

"Prometto che non urlerò." Questa volta, il sorriso di Amanda era genuino e le illuminava gli occhi. "Ma se doveste superare il limite, si accettano scommesse su ciò che potrebbe succedere."

Marco dovette sorridere. Nonostante l'atteggiamento severo della donna, lui aveva capito subito che aveva fegato. Abbastanza da oltrepassare furtivamente Ivan ed entrare nella sala da gioco privata. Abbastanza da fare quella battuta sull'UNLV. E ora, abbastanza da minacciarlo nel caso lui l'avesse toccata in un modo che anche solo odorava di seduzione.

"D'accordo," rispose. "Ma quando dice che si accettano scommesse, le ricordo che sono io il giocatore d'azzardo, non lei."

Quelle parole sortirono l'effetto desiderato. La donna si rilassò a sufficienza per ridere ad alta voce e a lui piacque il suono musicale di quella risata. La osservò per un momento. Il nome Amanda le si adattava. Un nome romantico per una donna che sembrava nata per interpretare la protagonista di un film sentimentale, con la sua postura perfetta, le labbra piene e i morbidi capelli castani che imploravano di essere arruffati.

Ma la cosa più bizzarra era che lui si ritrovava più affascinato dalla sua tendenza a esprimersi liberamente che dalle sue caratteristiche fisiche.

Incontrava donne bellissime tutti i giorni. Grazie alla sua posizione, aveva l'opportunità di andare con qualunque volesse. Gli saltavano praticamente in grembo, tempestandolo di complimenti superficiali ora che aveva concluso il servizio militare ed era tornato a San Rimini. Ma quanti anni erano trascorsi dall'ultima volta in cui qualcuno, maschio o femmina, aveva avuto il fegato di rivolgergli la parola come se lui fosse un amico o un collega invece che un principe?

Con l'eccezione dei suoi amici delle elementari – con cui ora giocava d'azzardo e andava a sciare – che avevano avuto modo di conoscerlo quando sua madre era ancora viva e lo aveva iscritto alla scuola pubblica, non gli veniva in mente nessuno.

Amanda incrociò il suo sguardo e lui avvertì un improvviso

e travolgente impulso a toccarle di nuovo la gamba. E questa volta, non solo per sistemarle il vestito.

Le guance tonde della donna arrossirono lentamente e lui si rese conto di essere seduto soprattutto sul suo lato del sedile. Troppo vicino perché entrambi potessero sentirsi a loro agio.

Se lei avesse potuto leggergli nel pensiero… beh, Marco non avrebbe dovuto aspettare il ballo per vedere se si fosse messa a urlare terrorizzata.

Scivolò sul suo lato dell'auto, quindi guardò fuori dal finestrino. "Arriveremo fra un paio di minuti. Se c'è qualcuno in grado di portarci al Duomo in tempo, quello è Filippo. Conosce tutte le scorciatoie."

Imboccarono una strada acciottolata piuttosto stretta che attraversava il distretto commerciale di San Rimini, portandoli verso il retro della magnifica cattedrale. I negozianti della stradina stavano praticamente cacciando i clienti dai negozi, abbassando le grate in modo da tornare a casa in tempo per assistere al matrimonio in televisione. Un gruppo di turisti agitava bandierine sanriminesi mentre scendeva la collina verso la Strada il Teatro, che la coppia reale avrebbe percorso in carrozza dopo la cerimonia.

"Immagino che debba usare spesso queste scorciatoie," commentò Amanda mentre prendevano una curva stretta. Gli lanciò un'occhiata interrogativa e si aggrappò al bracciolo della portiera mentre Filippo inchiodava di fronte a un gruppo di gente che attraversava fuori dalle strisce.

"Chiedo scusa," disse l'autista.

"No, siamo noi che dovremmo scusarci," disse Amanda a Filippo, la voce sincera. "Le sono grata perché guida con le strade così affollate. Grazie."

"Prego," rispose l'autista, rivolgendole un gesto del capo nello specchietto retrovisore.

A bassa voce, Marco chiese: "Sta insinuando che sono spesso in ritardo?"

"Non ho detto nulla del genere."

"Non importa. Siamo arrivati." Marco accennò verso il fronte dell'auto mentre la Range Rover rallentava fino a fermarsi di fronte a un blocco stradale. Filippo abbassò il finestrino, facendo cenno al poliziotto di lasciarli passare. Marco si sporse in avanti, osservando la sicurezza prima di lanciare un'occhiata all'orologio sul cruscotto. "E con quasi venti minuti di anticipo."

"*Solo?*" esclamò Amanda. "Jennifer sarà preoccupatissima. E io non avrò il tempo di rinfrescarmi."

Federico fece un cenno di ringraziamento mentre il poliziotto lasciava passare la Range Rover oltre la barricata e in un vicolo che conduceva al piccolo parcheggio del Duomo, usato solo dal personale e dai dignitari in occasioni speciali. "Lo faccia adesso. Ha tempo."

Amanda si accigliò, guardò la borsetta e scosse la testa. "Grazie, ma non è decoroso. Mi sentirò più a mio agio ad aspettare fino a quando non entreremo."

"Non è *decoroso*? E a chi importa?"

"A me."

Marco si accigliò. "Perché? Perché è seduta accanto a un principe?"

"Perché è il mio lavoro."

"Rinfrescarsi?"

"No, certo che no. Se proprio volete saperlo, sono un'esperta di etichetta infantile. Cerco di razzolare bene."

Non c'era da stupirsi che quella donna desse l'impressione di non rilassarsi mai. E non c'era da stupirsi che non sembrasse attratta da lui. Probabilmente, lo considerava enormemente noioso. "Siete una di quelle, vero? Come le cariatidi di palazzo? Avrei dovuto capire che siete il tipo di persona che fa la predica ai bambini su quali forchette usare per l'insalata e quali per il dolce."

"Io non faccio mai prediche," disse la donna, allungando il

collo per osservare il retro del Duomo mentre parlava. In quel punto, erano al riparo dalla vista della folla che si era radunata all'esterno dei gradini nella speranza di vedere gli sposi che uscivano dopo la cerimonia, ma il rumore li raggiungeva comunque, anche attraverso i finestrini. Amanda si raddrizzò, quindi fece spallucce. "Vi assicuro che mi occupo di ben altro che le forchette. Aiuto i figli dei dignitari – ambasciatori, parlamentari, magistrati – ad affrontare i problemi quotidiani dell'essere figli di personaggi pubblici."

"Come le teste gonfie? Deve essere difficile."

Lei lo squadrò. Il suo parere sull'argomento era fin troppo evidente.

Marco se l'era cercata. "Touché, signorina Hutton."

La donna scosse la testa e un ricciolo color cannella le rimbalzò sull'orecchio. "Beh, esclusi i presenti, naturalmente–"

"Naturalmente."

"Ma avete ragione. Alcuni di loro soffrono davvero di gonfiori alla testa," ammise lei. "Per quelli basta l'aspirina."

Marco la fissò, colto alla sprovvista dalla battuta.

Amanda si affrettò a gesticolare come se temesse che lo scherzo non fosse stato ben recepito. "Quello è un problema che lascio ai genitori. Il mio obiettivo è aiutare i miei clienti a destreggiarsi fra le interazioni sociali. Sebbene io sia certamente capace di spiegare quelle norme comportamentali che contribuiscono a evitare l'imbarazzo – l'enigma della forchetta, per l'appunto – e risponda a tali domande in caso di necessità, di solito i miei clienti hanno già padroneggiato quelle nozioni quando io vengo chiamata. Quello che faccio è più sottile."

"Per esempio?"

Un leggero sorriso sollevò gli angoli della bocca della donna. "Insegno loro a conversare fluentemente in occasione di eventi pubblici. E li aiuto a identificare quegli individui che puntano al denaro o alle conoscenze delle loro famiglie, oppure che potrebbero voler carpire informazioni private. Cose così."

"Capisco." Marco conosceva fin troppo bene quel genere di persone. Persino membri molto rispettati della classe dirigente di San Rimini lo avevano avvicinato in occasione di eventi di corte quando era un ragazzino, cercando di appiccicarsi a lui allo scopo di avere accesso ai suoi genitori o di apprendere informazioni riservate. Più di una volta lui era caduto nei loro tranelli, dicendo loro cose che probabilmente non avrebbe dovuto dire.

"E una volta che i vostri fedeli allievi imparano a riconoscere questi parassiti?" chiese. "Cosa accade poi?"

"Perlopiù, esaminiamo scenari in cui è probabile che loro vengano a trovarsi, in modo che abbiano gli strumenti per gestire situazioni diverse. Con estrema cortesia, naturalmente. Dissuadere gli approfittatori mantenendo al tempo stesso un atteggiamento affabile è un'arte. I bambini con cui lavoro non possono offendere persone che potrebbero essere importanti per le carriere dei genitori, ma hanno bisogno di proteggersi." Amanda fece spallucce. "Sono competenze difficili da insegnare per un genitore, ed è per questo che ci sono io. È come camminare su una corda: può essere sgradevole e richiede pratica."

"Lo so fin troppo bene," mormorò Marco.

Quante volte aveva evitato una serata a palazzo – cene di Stato, eventi di beneficenza, balli delle debuttanti – e aveva preferito andare a sciare o in barca con i suoi amici, nella speranza di evitare di ritrovarsi a far politica o di offendere inavvertitamente qualcuno che avrebbe potuto essere importante per i progetti di suo padre? L'idea lo faceva sudare freddo. Sua madre aveva sempre gestito con aplomb situazioni del genere, soprattutto considerato che non era nata in una famiglia reale, ma le andava riconosciuto il merito di essersi resa conto che per Marco non era così; gli aveva permesso di schivare tutti gli impegni non essenziali. Marco avrebbe voluto che fosse ancora lì per dargli consiglio. La fine dei suoi doveri militari significava che avrebbe dovuto assumere doveri politici. Presto.

Quando Amanda parlò di nuovo, lo fece a bassa voce. "Eravate all'Università quando vostra madre è venuta a mancare, vero?"

Quella donna sapeva anche leggere nel pensiero? Marco incrociò il suo sguardo e si rese subito conto che non ci voleva la telepatia per sapere cosa lo turbava. Bastava una donna che possedesse la stessa capacità di sua madre di leggere le emozioni di coloro che la circondavano. Emozioni che lui proiettava senza ritegno.

"Avevo appena iniziato a studiare a Princeton quando le fu diagnosticato il suo male. Mi avevano riconosciuto dei crediti e io diedi molti esami nel primo semestre, così da prendere il semestre primaverile di riposo e trascorrerlo a San Rimini, proprio nel periodo in cui la salute di mia madre precipitò. Isabella stava frequentando l'ultimo anno di università a Londra e mia madre insistette affinché rimanesse e si laureasse in corso. Federico e Lucrezia si erano appena sposati e si trovavano in Australia e Nuova Zelanda per la loro prima visita di Stato come coppia. Antony era in missione diplomatica in Africa. Nessuno di loro ha mai detto nulla, ma sono certo che la lontananza abbia reso loro le cose più difficili."

Amanda si spostò sul sedile. "Ma voi eravate solo a casa, con un padre in lutto e la stampa ovunque. Deve essere stato difficile."

"Probabilmente, mi sarebbe stato utile avere i suoi servigi, anche se essi sono destinati ai bambini. Ma me la sono cavata. Come tutti."

Marco si schiarì la voce. Non voleva più guardarla. C'era troppa tentazione. Tentazione di dare una seconda occhiata, una terza, a una persona che non solo era bellissima, ma possedeva le qualità migliori di sua madre. Per motivi profondamente personali, Marco aveva giurato a se stesso tempo prima che non avrebbe mai frequentato una donna del genere. Aveva intenzione di mantenere la promessa.

Meglio limitarsi alle donne carine, ma svampite, che gli facevano il filo. Se a un certo punto suo padre lo avesse spinto a sposarsi... beh, ci avrebbe pensato al momento opportuno. Fortunatamente, fra il matrimonio imminente di Antony e il fatto che Federico era non solo sposato, ma anche padre di due figli, quell'ipotesi si era fatta alquanto remota.

La Range Rover si fermò e Marco gesticolò verso l'ingresso secondario, dove alcune guardie esaminavano gli invitati. "A ogni modo, metta pure il rossetto o qualunque cosa facciate voi donne per rinfrescarvi, se ne sente il bisogno. Non lo dirò a nessuno." Ammiccò e aggiunse: "E poi, con la gente che partecipa a questo evento, sicuramente troverà qualche nuovo cliente. Loro saranno allievi molto migliori di quanto avrei potuto esserlo io."

MARCO CI AVEVA VISTO GIUSTO RIGUARDO a una cosa, pensò Amanda mentre posava la forchetta d'argento di traverso sul piatto da dessert, a indicare che il cameriere poteva portarlo via. Erano presenti più potenziali clienti di quanti lei avesse immaginato, considerato che l'elenco degli invitati era limitato a duecento. Avrebbe dovuto trovare un modo discreto per accennare ai servizi che offriva prima che tutti andassero a casa, nella speranza di suscitare interesse. Altrimenti, avrebbe dovuto prendere in considerazione l'idea di tornare a vivere con i suoi genitori. Sebbene il suo mestiere pagasse bene quando lei aveva un cliente, capitava che gli incarichi fossero pochi e distanziati nel tempo, e Amanda aveva dovuto attingere ai suoi risparmi durante l'ultimo periodo di magra. Non voleva ripetere l'esperienza.

Levandosi quel pensiero deprimente dalla testa, bevve un sorso di champagne e passò lo sguardo sul giardino del palazzo. Jennifer ed Antony avevano optato per tenere lì il ricevimento, piuttosto che nella più formale Sala da Ballo Imperiale. Con l'eccezione dei genitori di Jennifer, che avevano trascorso la vita nelle organizzazioni non profit, e un gruppo di ex-rifugiati che aveva vissuto nel campo profughi diretto da Jennifer, la maggioranza degli ospiti apparteneva all'aristocrazia europea. Amanda riconobbe re Carlo e la regina Fabrizia di Sarcaccia, due membri della famiglia reale olandese e l'ambasciatore sanriminese negli Stati Uniti.

Membri della Reale Orchestra suonavano sulle scale che dal palazzo conducevano al giardino, riempiendo l'aria serale di musica leggiadra. Lo sposo, il principe Antony, era intento a farsi fotografare con i figli di suo fratello Federico, mentre suo padre, re Eduardo, chiacchierava con alcuni membri del parlamento sanriminese.

"Avevo proprio bisogno di questa pausa. Sei stata brava a dire a quelle donne che meritavo una fetta della mia torta nuziale," le bisbigliò all'orecchio Jennifer, l'elegante abito da sposa che frusciava mentre lei cercava di massaggiarsi di nascosto i piedi sotto il tavolo. Era la prima volta che si sedevano dopo ore.

"Avevo il sospetto che cominciassi a stancarti," disse Amanda, sorridendo alla sua amica. "Mi sono detta che spettava a me darti un po' di sollievo."

"In realtà, non sono stanca," disse sospirando Jennifer. "Mi sento soffocare. Morirò se dovrò ballare con un'altra persona famosa. Non mi importa se sono membro della famiglia reale, ora. Mi ci vorrà un po' per abituarmi a tutta questa celebrità."

In quel momento, la principessa Isabella e due sue amiche passarono accanto al loro tavolo. Ciascuna indossava una piccola fortuna in diamanti.

"Anche loro si stanno ancora abituando a me," aggiunse Jennifer una volta che la sorella minore di Antony fu fuori portata. "Non capita tutti i giorni che un'americana selvatica faccia irruzione nella loro società e sposi il principe ereditario."

Amanda diede una seconda occhiata al principe Antony, che

continuava a guardare il loro tavolo, incapace di distogliere lo sguardo dalla sua sposa novella. Il matrimonio si era svolto senza intoppi, con una transizione perfetta nel ricevimento. Giovani coppie affollavano la zona di prato riservata al ballo, gli ospiti più anziani si godevano la conversazione e Jennifer era la sposa più adorabile e compassata che Amanda avesse mai visto. "Se vuoi il mio parere di esperta…?"

"Sempre."

"Andrà tutto benissimo. Il principe Antony ti ama; lo vedono tutti. E anche la sua famiglia ti vuole bene."

Jennifer si allungò a dare una strizzata alla mano di Amanda. "Lo so. Sono stati meravigliosi con me." Sbatté le palpebre per pulirsi gli occhi dalle lacrime, quindi lasciò andare la mano di Amanda. Osservarono il giardino in silenzio per un attimo prima che Jennifer dicesse: "A proposito della famiglia di Antony, grazie per aver recuperato Marco. Ci hai salvati."

"Nessun problema." O almeno, nessun problema di cui lei volesse discutere con la sposa il giorno del matrimonio, per quanto loro fossero amiche.

"C'è mancato pochissimo. Antony stava uscendo di testa. Gli avevo detto che avrebbe dovuto aspettarselo. Marco è fatto così."

Amanda esitò, non volendo dire nulla che potesse essere interpretato come offensivo nei confronti di un membro della nuova famiglia di Jennifer. "Beh," disse con prudenza, "Antony è molto affidabile e dedito ai suoi doveri reali. Marco e più giovane. Più libero nello spirito. Sono sicura che non vadano sempre d'accordo."

Jennifer rise. "Libero nello spirito. È molto generoso. Antony sostiene che Marco è indipendente nel migliore dei casi e irresponsabile nel peggiore. Ti ho raccontato che, quando era giovane, il principe Marco ha saltato la scuola più di una volta per fare lunghe passeggiate da solo in città? Già non è sicuro per un bambino, figuriamoci per un membro della famiglia reale, anche se lui cercava di travestirsi." Jennifer levò gli occhi al cielo. "Forse dovrò stare attenta a lui una volta che Antony e io ci faremo una famiglia. È il tipo di zio che fa venire pessime idee ai bambini. D'altra parte, rende la vita a palazzo molto interessante. Mi piace parecchio."

Amanda sorrise, ma non fece commenti. Come Jennifer, anche lei provava sentimenti contrastanti nei confronti di Marco. Prima era stata arrabbiata con lui, quand'era stata costretta a dargli la caccia – in un casinò, per di più – ma lui l'aveva stupita con la sua generosità. Amanda lo aveva creduto il tipo di persona che spendeva le sue vincite al gioco in fine settimana di lusso. O che se le rigiocava.

Il tragitto in auto fino al palazzo era stato una rivelazione. Dapprincipio, lei aveva creduto che il principe ci avrebbe provato con lei. Non era così ingenua da non essersi accorta che l'uomo era attratto da lei e aveva sperato con fervore che non riconoscesse la stessa attrazione negli occhi di Amanda. Se c'era una persona abituata a vedere le donne che lo guardavano vogliose, quella era il principe Marco diTalora. Ma l'uomo si era comportato da perfetto gentiluomo, lasciandola curiosa riguardo ai suoi veri pensieri. Poi, mentre si avvicinavano al Duomo in cui i suoi genitori si erano sposati in grande stile e avevano discusso delle pressioni a cui erano sottoposti i figli dei dignitari, lei si era resa conto che l'uomo aveva pensato a sua madre. Aveva percepito delle emozioni profonde.

Marco non era così noncurante come sembrava.

"Parli del diavolo..." Jennifer le diede di gomito. "Guarda laggiù. Potrebbe essere interessante."

CAPITOLO 3

AMANDA SEGUÌ lo sguardo di Jennifer e vide Marco in piedi sul limitare della zona da ballo, non lontano dal loro tavolo. In qualche modo, nel corso dei pochi minuti fra quando era saltato giù dalla Range Rover e l'inizio della cerimonia, l'uomo si era fatto bello. Quando Amanda aveva camminato lungo la navata di fronte a Jennifer e aveva visto Marco, si era accorta che i suoi capelli erano stati domati da un pettine invece che dalle dita, facendolo somigliare di più ai ritratti ufficiali. I suoi vestiti non lasciavano trapelare che fosse appena giunto dalla saletta di un casinò; invece, la giacca gli avvolgeva il corpo come se un sarto gli fosse venuto incontro nell'anticamera della cattedrale e avesse aggiustato ciascuna cucitura perché gli calzasse perfettamente prima di permettere al principe di entrare nel santuario.

Una bionda procace e riccioluta, che dimostrava più o meno la stessa età di Amanda, era in piedi accanto al principe.

"È con Eliza Schipani," bisbigliò Jennifer. "È da tutta la sera che non si allontanano più di due passi. Muoio dalla voglia di vedere come finirà."

Sotto lo sguardo di Amanda, l'attenzione di Marco si spostò sulla bionda. I due parlarono per un momento, sorridendo entrambi. Lei angolò la testa verso i ballerini, l'espressione speranzosa. Marco sollevò una mano, rifiutando garbatamente il sottile invito, ma disse qualcosa che fece ridere la bionda.

"Stanno insieme?" chiese Amanda con voce sufficiente a farsi sentire dalla sola Jennifer, per poi pentirsi della domanda. L'ultima cosa che voleva era che Jennifer pensasse che fosse incuriosita da una persona inadatta a lei come lo era Marco diTalora.

"No, non ancora almeno. Peccato, perché lei mi piace parecchio. Fa parte del consiglio sanitario di San Rimini e ho sentito dire che sta pensando di candidarsi alle elezioni dell'anno prossimo. Farebbe bene a Marco. È una persona coi piedi per terra e molto attenta ai bisogni della comunità."

Jennifer guardò i due per diversi secondi, quindi esalò il fiato. "Marco è un gran civettuolo. Sa esattamente cosa dire per far sì che le donne si sentano lusingate, ma non ha mai mostrato il minimo interesse in una relazione a lungo termine. Soprattutto con una donna che rischia di avere un cervello, come Eliza Schipani."

"Come mai la cosa non mi stupisce?"

Jennifer fece una scrollata di spalle poco sentita. "Antony crede che non si tratti di un semplice desiderio di volare di fiore in fiore, ma non sa esattamente perché. Prima che Antony e io ci fidanzassimo, quando re Eduardo stava per sottoporsi all'operazione, sembrerebbe che il re abbia dato a vedere di voler combinare dei matrimoni per Antony e Marco. Beh, con Antony non si è limitato a darlo a vedere, perché temeva che, se fosse accaduto il peggio, avrebbe lasciato un principe ereditario non sposato."

"Direi che è andata piuttosto bene."

"Sono d'accordo," disse Jennifer, lanciando un'occhiata verso il suo nuovo suocero. Re Eduardo aveva seguito alla lettera le raccomandazioni del suo medico e si stava riprendendo in maniera splendida. Era anche arrivato ad apprezzare Jennifer, tanto come persona quanto come compagna del suo figlio maggiore. "A stupire Antony è il fatto che Marco non abbia opposto la minima obiezione. Antony si aspettava che facesse il diavolo a quattro anche solo al pensiero di un matrimonio combinato."

"Un matrimonio combinato?" Amanda resistette all'impulso di fare una smorfia. "Sono d'accordo con Antony. Marco non mi sembra il tipo. Perché dovrebbe volerlo?"

Jennifer si raddrizzò, quindi rivolse un'occhiata guardinga ai ballerini sul prato. "Magari avrai l'opportunità di scoprirlo. In tal caso, illuminami. Sto ancora cercando di decifrare questa famiglia."

Amanda sollevò lo sguardo e vide che Marco si era incamminato verso il loro tavolo, senza Eliza Schipani. Lo sguardo del principe era fisso su di lei.

Il battito cardiaco di Amanda spiccò un balzo e lei si costrinse a respirare normalmente. C'erano dozzine di uomini attraenti, accattivanti e di successo. Perché, fra tutti, proprio il principe Marco le faceva quell'effetto?

Quando l'uomo le raggiunse, tuttavia, la sua attenzione si rivolse a Jennifer. "Se già non ho avuto l'opportunità di dirlo, benvenuta in famiglia."

Il principe si chinò e baciò la sua nuova cognata sulla guancia, quindi prese posto sulla sedia vuota accanto a Jennifer. I due chiacchierarono per qualche minuto del ricevimento, poi Marco disse: "Se non sei troppo impegnata, durante la cena mio padre mi ha detto che desidera parlarti prima della fine della festa, anche se non ha detto il perché. Te ne avrei accennato in precedenza, ma sono stato distratto."

Senza voltare la testa, il principe spostò lo sguardo nella direzione di Eliza Schipani, che lo osservava ostentando noncuranza da un capannello di VIP.

Jennifer si rimise con discrezione le scarpe, quindi si alzò e si lisciò il vestito. "Non c'è bisogno di spiegazioni. Vado subito."

Cercò con lo sguardo in cortile fino a trovare il re, quindi si diresse verso di lui.

Amanda cambiò posizione sulla sedia, improvvisamente consapevole di essere sola al tavolo con Marco. L'ultima cosa di cui aveva bisogno quel fine settimana era farsi venire una cotta per un principe. Una volta conclusi i suoi doveri di damigella, avrebbe dovuto pensare a trovarsi un cliente o due. Jennifer era stata così gentile da suggerire un paio di possibilità e Amanda intendeva approfittare al massimo di quell'informazione.

Amanda lanciò un'occhiata eloquente oltre le spalle di Marco, nella direzione di Eliza Schipani. La bionda stava ora parlando con un membro del parlamento sanriminese e gesticolando verso Marco. "Per favore, non sentitevi in obbligo di restare qui perché Jennifer se n'è andata. Credo che altre persone gradirebbero la vostra attenzione."

Marco lanciò un'occhiata di sottecchi al parlamentare e a Eliza Schipani, poi disse: "Sono certo che non sia nulla di urgente. E poi, avevo intenzione di fare una passeggiata. Sgranchirmi le gambe, prendere una boccata d'aria fresca. Gradisce unirsi a me?"

Da sola con un principe sexy? Allettante. Ma poco furbo.

"Siamo in un giardino. Non c'è abbastanza aria fresca qui?"

Il principe inarcò un sopracciglio, come per sfidarla. "Il giardino si estende al di là della zona usata per il ricevimento. Ci sono sezioni più tranquille. Probabilmente, diverse che lei non ha visto."

Amanda si costrinse a non distogliere lo sguardo. Gli occhi dell'uomo brillavano di un blu intenso sotto le luci che erano state appese per il prato in occasione del ricevimento. "È vero," ammise. "E apprezzo l'invito, ma probabilmente è meglio che io rimanga qui e aspetti Jennifer. Si sta facendo tardi e lei potrebbe avere bisogno di me."

Le parve di vedere un'espressione disperata passare sul volto del principe, ma essa svanì tanto in fretta da farle pensare che doveva essere stato un miraggio. Possibile che l'uomo vivesse, nelle situazioni sociali ad alta pressione, lo stesso disagio di alcuni dei suoi clienti adolescenti? Amanda lo aveva sospettato per un momento in auto, ma aveva liquidato l'idea. D'altra parte, ciò avrebbe potuto spiegare perché egli sembrasse tanto a disagio con la procace bionda... che era bellissima e non faceva mistero del suo interesse nei confronti di Marco, ma che stava anche prendendo in considerazione una candidatura politica.

Amanda era molto curiosa.

"Facciamo così: che ne dite una breve passeggiata? In modo che io sia di ritorno prima che Jennifer abbia finito di parlare con vostro padre." Ciò avrebbe dovuto darle in tempo di fare un po' di networking discreto.

Marco le rivolse un sorriso da infarto. "Magnifico."

MARCO INALÒ una profonda boccata della dolce aria notturna mentre conduceva Amanda sotto uno degli archi che segnavano l'ingresso del giardino delle rose. Da bambino era ossessionato dall'odore di quella sezione. Il delicato profumo dei boccioli di rosa si mescolava a quello più penetrante del bosso piantato lungo i sentieri di ghiaia e lo rilassava. In serate come quelle, quando dal porto di San Rimini giungeva una brezza tiepida, lui preferiva decisamente il giardino alle soffocanti stanze del palazzo, la maggior parte delle quali era colma di statue, vasi e ritratti rinascimentali di avi morti da tempo.

Ma lui non aveva mai confessato alla sua famiglia il suo amore per quel giardino. Sua sorella Isabella, che trascorreva molto tempo lì, lo avrebbe preso in giro incessantemente se avesse saputo che lui era in grado di identificare quasi tutte e quattrocento le varietà di rose del giardino senza guardare le targhette.

"Wow," mormorò Amanda accanto a lui. "Vedere il giardino

da vicino è completamente diverso dal guardarlo su Internet o in cartolina. Le rose hanno tutte un aspetto perfetto. Mi stupisce che ci siano così tanti boccioli in tarda stagione. D'altra parte, credo che il vostro clima sia più caldo del nostro." Si chinò ad annusare un grosso ibrido bianco di rosa tea, per poi indicare il terreno. "E chi ha avuto l'idea di mettere tutte queste lucine sotto le piante?"

"Mia madre," rispose Marco, "anche se è stata Isabella a farle installare. Mia madre pensava che avrebbero reso il giardino più attraente di notte, in occasione delle feste, nonché più..." Riuscì a serrare la bocca prima che ne uscisse la parola *romantico*. I suoi genitori potevano anche essersi corteggiati lì, facendo lunghe passeggiate lungo i sentieri tortuosi, ma l'ultima cosa che lui voleva con Amanda Hutton era una storia d'amore. E poi, si ricordò, l'aveva invitata lì solo per sfuggire a Eliza e alle sue consorterie parlamentari.

Se la socievole bionda lo avesse visto lasciare il ricevimento da solo, Marco era certo che lo avrebbe seguito nel suo eterno tentativo di convincerlo a parlare alla prossima conferenza sulla salute da lei organizzata. Non esattamente la sua idea di divertimento.

"Più?" lo invitò Amanda.

"Più... oh, più sicuro," concluse frettolosamente Marco, per poi ammiccare con aria complice. "I rapinatori, ad esempio."

"I rapinatori?" La donna scoppiò a ridere e ancora una volta lui trovò incantevole quel suono. "Questo posto è circondato da una recinzione di ferro battuto alta quattro metri, sormontata da non so quante telecamere. E ci saranno ventordicimila guardie di pattuglia. Ma voi mi dite che quelli" – indicò le luci delicate – "sono fondamentali per prevenire potenziali rapine."

"Non si può mai sapere," disse Marco, sfoderando un sorriso. "Come ho detto, è stata un'idea di mia madre. Magari, all'epoca non c'era tutta questa sicurezza."

"Ne dubito, ma fingerò di credervi."

Passeggiarono in silenzio per diversi minuti. Ogni tanto, Amanda si fermava ad annusare un fiore o a leggerne la targhetta, ma altrimenti camminava a un braccio di distanza da lui, le mani giunte ora dietro la schiena ora di fronte a sé. A differenza delle altre donne, non si sentiva in obbligo di chiacchierare incessantemente. Marco trovava rinfrancante quel cambiamento.

Mentre tornavano verso la zona del ricevimento, lui la osservò nella luce proiettata da una fontana illuminata. Amanda era completamente diversa da sua madre, ma qualcosa in lei – l'andatura? l'atteggiamento? – lo faceva sentire proprio come quando aveva percorso quegli stessi vialetti con sua madre. Anche Amanda camminava in un modo che lo rilassava.

L'idea che esistesse una donna in grado di fargli quell'effetto lo innervosì di nuovo.

Amanda gli rivolse qualche sorriso timido durante la loro passeggiata, ma lui percepì che anche lei era nervosa, nonostante l'apparenza placida. Si chiese se stesse pensando di nuovo all'auto e alla minaccia di mettersi a urlare se lui l'avesse toccata. Marco dubitava che lo avrebbe fatto, anche se probabilmente si sarebbe allontanata.

D'altra parte… forse no.

Non appena ebbe formulato quel pensiero, Marco se lo levò dalla testa. Jennifer aveva accennato che Amanda era stata invitata alla colazione post-matrimoniale di re Eduardo, sebbene l'evento fosse rivolto soprattutto alla famiglia. Amanda se ne sarebbe andata in mattinata, subito dopo la fine del pasto. Marco non era mai stato il tipo che analizzava le donne e i loro sentimenti, e nemmeno i propri. Non c'era motivo di cominciare ora, soprattutto considerata la natura fugace del tempo trascorso con lei.

Si costrinse a rivolgere l'attenzione al palazzo, le cui finestre brillavano della luce di centinaia di lampadari di cristallo. Le note del Valzer di San Rimini giungevano dal punto in cui l'orchestra si era posizionata sulle scale, il che significava che Jennifer aveva finito di parlare con il re e che gli sposi stavano avendo il loro ultimo ballo prima di ritirarsi.

"Sembrerebbe che la sposa sia tornata al ricevimento." La voce gentile di Amanda riecheggiò nel giardino pacifico. La donna trasse un respiro profondo, come per farsi forza prima di tornare alla rumorosa festa. "Mi cercherà. È meglio che torni indietro."

Marco gesticolò di fronte a loro. "Questo sentiero conduce al prato. Ma credo che avremmo dovuto unirci a loro per il ballo."

"Oh, no. Avete ragione. Dobbiamo sbrigarci."

Marco liquidò la questione con un gesto. "La canzone è quasi finita. Non arriveremo mai in tempo. Ma daranno la colpa a me, non a lei." Dal suo punto di vista, era comunque meglio passeggiare con Amanda. Stringerla a sé sotto le ammiccanti luci sospese, anche di fronte a un paio di centinaia di persone, sarebbe stato tentare la sorte. Più tempo ci avrebbero messo a tornare indietro, meglio sarebbe stato.

"Beh, speriamo che non se ne accorgano. E grazie per avermi mostrato il giardino delle rose. È splendido." La donna si fermò a sfiorare con un dito una grossa rosa rampicante mentre camminavano sotto un arco di ferro battuto coperto di fiori. "Questa mi piace particolarmente. Non è come le altre rose. Ha una forma diversa da quelle che si vedono dai fioristi; sembra quasi un garofano. E non devo nemmeno chinarmi per sentirne il profumo."

Marco lanciò un'occhiata ai rampicanti che avvolgevano l'arco, anche se avrebbe riconosciuto quella varietà anche senza guardarla. "Appartiene a una specie di rose antiche. Sono generalmente più profumate delle rose moderne. La moglie di Napoleone, l'imperatrice Josephine, coltivava questa varietà nella sua tenuta in Francia. Questa pianta in particolare fu donata a uno dei miei avi."

Amanda spalancò gli occhi per lo stupore. "È così antica?"

"È possibile che nel corso degli anni sia stata coltivata, a titolo di precauzione, ma sì."

Si allungò oltre Amanda, badando a non sfiorarla mentre staccava uno stelo usando il coltellino svizzero che portava sempre con sé.

"Tenga," disse porgendole il bocciolo parzialmente aperto. "La porti nella sua stanza e la metta nell'acqua. Si aprirà entro domani mattina."

Amanda avvolse la mano attorno a quella di Marco e prese con cautela la rosa dalle sue dita. "La metterò sul comodino. Sono certa che sarà bellissima."

Prima di potersi trattenere, Marco si portò la mano della donna alle labbra. Era più piccola di quanto si fosse reso conto. Gli occhi di lei seguirono il movimento e lui percepì la sua trepidazione, ma la donna non si staccò.

Per una frazione di secondo, Marco fu travolto dall'istinto di prenderla fra le braccia, ma il suo cervello riuscì a mantenere il controllo del corpo. Meglio levarsi da sotto quell'arco profumato e concludere la passeggiata. Poi, avrebbe riaccompagnato Amanda da Jennifer e si sarebbe ritirato nella sua stanza. Da solo. Ormai era abbastanza tardi da far sì che nessuno si chiedesse come mai non fosse tornato al ricevimento.

E poi, l'indomani sera aveva in programma di andare in Austria in auto con i suoi amici, prima che suo padre riportasse l'attenzione dal matrimonio reale a lui e alle sue innumerevoli mancanze. L'ultima cosa di cui aveva bisogno era l'ennesima predica riguardo ai suoi doveri reali. Se voleva fuggire senza intoppi, doveva controllare l'attrezzatura da escursione e preparare le valigie in serata.

Ma per qualche motivo, non riusciva a mollare la presa sulla mano di Amanda, che ancora reggeva la profumata rosa gialla. Lo sguardo della donna si fissò nel suo e quello fu tutto l'invito di cui lui ebbe bisogno.

Voltandole la mano, premette le labbra sul polso mentre la rosa cadeva dalle dita di Amanda. La pelle della donna era morbida e calda e profumava di paradiso. Marco sentì il battito del cuore di lei accelerare sotto i suoi baci delicati, sentì l'altra mano appiattirsi contro il suo petto.

"Vostra Altezza, mi sembra–" Amanda emise un piccolo suono strozzato. "Mi sembra di aver sentito–"

"Marco!" Una voce scontenta stava chiamando il suo nome da un punto vicino. Una voce che era impressa nel cervello di Marco da quando lui era bambino.

Marco lasciò ricadere la mano di Amanda come se avesse baciato un serpente invece che assaporare la delizia più dolce del giardino. La donna si allontanò di un passo, negli occhi uno sconvolgimento pari al suo.

Meno di cinque secondi più tardi, suo padre girò l'angolo della fontana, le scarpe lucide che scricchiolavano sulla ghiaia. Il re si accigliò quando li vide sotto l'arco, ma si riprese subito e rivolse loro un cenno del capo.

Amanda abbassò la testa. "Vostra Altezza."

Nell'inglese pulito ed educato che aveva imparato quando, da bambino, aveva frequentato i collegi britannici, re Eduardo disse: "Mi avevano detto che avevi portato la signorina Hutton a visitare il giardino delle rose. Sei stato lontano a lungo."

Marco si irrigidì. Forse non sarebbe sfuggito alla predica, dopotutto. Per fortuna, suo padre non era arrivato un momento prima, o gli avrebbe fatto una bella tirata d'orecchi. Suo padre non avrebbe sicuramente approvato che lui baciasse una delle ospiti in giardino, dove chiunque avrebbe potuto sorprenderli. "Chiedo scusa, padre. Non mi ero reso conto che voi aveste bisogno di me."

"Non di te." Eduardo accennò con il capo ad Amanda. "Signorina Hutton, chiedo scusa per aver interrotto la visita, ma gradirei scambiare due parole con lei."

Marco fissò suo padre. Di cosa poteva aver bisogno da Amanda?

Il re mosse un braccio verso il palazzo. "Sarebbe così gentile da raggiungermi nel mio studio?"

"Certo."

La donna lanciò un'occhiata a Marco, negli occhi la stessa domanda che si era posto lui stesso, quindi si voltò a seguire Eduardo, lasciando Marco solo con la rosa gialla dimenticata e il sapore della pelle di lei sulle labbra.

CAPITOLO 4

AMANDA SI SENTIVA i polmoni pesanti nell'osservare re Eduardo che apriva la portafinestra del suo studio e le faceva cenno di accomodarsi. Il re non aveva spiccicato parola mentre dai giardini entravano nel palazzo, per poi percorrere tre corridoi diversi e oltrepassare due guardie prima di entrare nell'ala privata del sovrano. Una volta giunti a destinazione, Eduardo aveva usato un tastierino per entrare in quella che si era rivelata la sua residenza.

Mentre Amanda prendeva posto, capì che quello non era soltanto il suo studio, dove il re veniva spesso fotografato in compagnia dei dignitari. Era il suo studio privato. Parte del suo sancta sanctorum.

In che guaio mi sono cacciata? Eduardo non l'avrebbe convocata se non fosse stato importante. Era perché lei e Marco erano arrivati così tardi al matrimonio? Moriva dalla voglia di chiederglielo, ma l'etichetta imponeva di lasciare che fosse il re a parlare per primo.

Un uomo alto dai folti capelli scuri che cominciavano a ingrigire, re Eduardo era una figura minacciosa nello smoking su misura e la fusciacca reale che indossava per il matrimonio del figlio maggiore. Ma anche se fosse stato intento a passeggiare lungo una spiaggia in pantaloncini e maglietta, Amanda era sicura che nessuno avrebbe potuto scambiarlo per altro da ciò che era: un uomo che controllava tutti e tutto ciò che lo circondava.

Lo guardò in viso mentre prendeva posto su una delle sedie, coperta da morbido velluto beige. Come la maggior parte di coloro che occupavano posizioni di potere, l'espressione del re rivelava ben poco dei suoi pensieri.

Il re non si sedette di fronte a lei, come Amanda si era aspettata. Invece, camminò avanti e indietro lungo una parete dello studio coperta da cima a fondo da volumi rilegati in cuoio.

Doveva essere colpa del suo arrivo tardivo al matrimonio. Cos'altro, altrimenti? Il re non aveva visto il principe Marco che le baciava la mano. Amanda aveva udito il rumore dei suoi passi sulla ghiaia mentre si avvicinava e sapeva che Eduardo non si era trovato nella posizione giusta per vederli sotto l'arco coperto di rose.

Esitò, visualizzando le labbra di Marco premute sull'interno del suo polso, ripensando alla sensazione del suo petto solido e forte sotto il palmo.

Quella sensazione l'aveva sconvolta profondamente, ma lei si sarebbe presa a schiaffi per aver permesso che accadesse. Il principe Marco diTalora era sconsiderato. Di cinque anni più giovane di lei. E per poco Amanda non gli era caduta fra le braccia.

Se il re li avesse visti, lei si sarebbe trovata in una situazione ancora più grave. Sapeva, tramite Jennifer, che Eduardo non era entusiasta di vedere i propri figli esibirsi in sfoggi di affetto in pubblico, considerato che chiunque fosse armato di fotocamera avrebbe potuto ritrarli a beneficio dei tabloid.

Amanda attese che il re smettesse di camminare e si mettesse dietro alla scrivania. Per un attimo, l'unico suono nella stanza fu la musica distante che proveniva dal ricevimento in giardino.

Il re sfiorò con un dito una fotografia della sua defunta moglie, la regina Aletta. Senza guardare Amanda, chiese: "Non vedo i suoi genitori da molti anni, signorina Hutton. Spero che stiano bene."

"Sì." La risposta di Amanda non celò la sua sorpresa. "Non sapevo che vi conosceste."

Il re annuì, anche se la sua attenzione sembrava rivolta altrove. "Suo padre era ambasciatore in Italia quando io sono salito al trono. Lui e sua madre hanno partecipato alla mia incoronazione. Lei era molto giovane, allora. Mi pare che fosse rimasta a Roma."

"Ma certo. Siete molto gentile a ricordarvelo." Amanda si era dimenticata di quell'evento. Le era parso insignificante all'epoca, considerato ciò che stava accadendo nella sua vita.

Il re continuò a giocherellare con la foto dalla cornice dorata. "La sua famiglia ha lasciato l'Italia poco dopo, se ben ricordo. Avevo invitato i suoi genitori a tornare a palazzo, ma non sono potuti venire."

"A mia madre e a sua sorella è stato diagnosticato un tumore al seno a un mese di distanza l'una dall'altra. Considerate le circostanze, mio padre ha ritenuto più opportuno abbandonare il suo incarico in Italia e tornare negli Stati Uniti."

"È comprensibile." Il re sollevò la testa per osservarla. "Ma stanno entrambe bene ora?"

"Sì, grazie." Pur essendo entrambe vigili nei confronti di potenziali ricadute, le due donne erano sane e salve. E lo stesso valeva per Amanda, nonostante gli esami avessero determinato che era portatrice dello stesso gene mutato di sua madre e di sua zia, il che significava che era predisposta alla malattia. Fortunatamente, la scienza le dava un vantaggio che loro non avevano avuto: la precocità della diagnosi.

"Ah. Ottimo punto" La fronte del re si aggrottò per la concentrazione. "Sono curioso. *Parla l'italiano*[1]?"

Amanda scosse la testa. "Molto poco. Ho frequentato la

scuola in Italia solo per qualche mese prima che la mia famiglia tornasse a Washington.”

“Capisco.”

Eduardo esitò per un momento, quindi prese la foto della regina Aletta e la voltò sulla scrivania in modo che lei la vedesse. “Questa fotografia della madre di Marco è stata scattata il giorno del nostro matrimonio. La amavo con tutto il cuore. Sfortunatamente, è morta per un tumore alle ovaie quasi sei anni fa, come sono certo lei ricordi.”

La stampa aveva dedicato alla morte della bella regina tanto inchiostro quanto per la principessa Grace e la principessa Diana. “Certo, Vostra Altezza. È stata una tragedia.”

“Ho pianto a lungo per lei. Ancora oggi, penso a lei tutti i giorni.” Il sovrano sistemò di nuovo la foto sulla scrivania, quindi vi girò attorno e finalmente prese posto sulla sedia di fronte a quella su cui sedeva Amanda. “Sfortunatamente, dopo la sua scomparsa ho commesso alcuni errori e spero che lei potrà aiutarmi a correggerli.”

Amanda esitò. Conosceva a malapena il re, eppure nella voce di Eduardo c’era una nota che diceva che stava per rivelarle informazioni molto personali. E lei non era sicura di come la pensasse al riguardo.

“So che è andata a cercare il principe Marco oggi, quando lui non si è presentato in tempo alla cerimonia.”

“Sì.”

“Non si preoccupi. I miei figli hanno fatto grandi sforzi per tenermi nascosta l’assenza del fratello oggi pomeriggio e io non dirò loro che so del raggiro.” Un angolo della bocca del re si piegò verso l’alto. “È da quando erano giovani che Antony, Federico e Isabella mi nascondono le mancanze nel comportamento di Marco. Cercavano di tenerlo fuori dai guai quando faceva degli scherzi, lo coprivano quando si allontanava dal palazzo o quando sfuggiva alle funzioni ufficiali. Immagino che sentano ancora il bisogno di proteggerlo.”

Il re gesticolò con una mano mentre parlava e Amanda non mancò di notare che portava ancora la fede, oltre a un grosso anello d'oro che recava il sigillo della famiglia diTalora. Eduardo poteva anche governare uno dei Paesi più ricchi d'Europa, ma Amanda aveva la sensazione che la famiglia fosse altrettanto importante per lui

"Apprezzo che siate andata a cercarlo, ma la sua bravata mi ha convinto che è necessario fare qualcosa." Il re si mise comodo e giunse le mani in grembo. "La colpa è mia. Ho permesso a Marco di sfogarsi, di vivere più liberamente rispetto agli altri."

Il sovrano fece una pausa, come se fosse incerto su quanto rivelare. Amanda rimase in silenzio. Finalmente, Eduardo disse: "Dopo la morte della regina Aletta, mi sono concentrato più sul mio dolore che su quello di Marco. Marco era giovane e, almeno all'apparenza, mi era parso riprendersi dallo shock più in fretta di me. Con il passare del tempo, la mia attenzione si è spostata sulle faccende di Stato. Isabella ha assunto il ruolo di padrona di casa che era stato della regina Aletta e – prima della mia operazione – quello di trovare una sposa adeguata a Antony, dato che lui è il mio erede."

Amanda sorrise al re, anche se ancora non sapeva perché egli le stesse raccontando tutto ciò. "Il principe Antony e Jennifer saranno molto felici insieme."

Il re incrociò il suo sguardo e le rughe sottili attorno ai suoi occhi si accentuarono. "Sì, è vero. Quello è un caso in cui le mie interferenze non hanno pagato. Mi sono lasciato guidare dalle mie paure, considerato che ho imparato a caro prezzo quanto è transitoria la nostra vita su questa terra." La sua espressione si fece nuovamente seria. "Tuttavia, nel caso di Marco, temo che sia giunto il momento di farmi coinvolgere."

Il re si alzò, ma fece un cenno per indicare ad Amanda di rimanere seduta. Si passò le dita tra i capelli e il rammarico si mescolò all'esasperazione nella sua voce mentre spiegava: "Vede, pensavo che il principe Marco si sarebbe fatto più responsabile con l'età. Davo per scontato che Princeton lo avrebbe fatto maturare, ma al contrario, l'esposizione alla cultura americana lo ha solo reso più avventuroso. E il periodo trascorso nell'esercito sanriminese non ha fatto nulla per aumentare il suo senso di responsabilità reale. Da quando è tornato a casa dopo il servizio militare, ha trascorso tutto il suo tempo a sciare, andare in barca, giocare e fare chissà cos'altro con i suoi amici. Ha evitato tutti gli eventi ufficiali, tranne i più necessari."

Lo sguardo di Amanda corse alla parete di libri alle spalle del re. Uno scaffale conteneva un ritratto della famiglia reale risalente a circa quindici anni prima, quando Marco ne aveva dieci o undici. Il giovane principe era in piedi alle spalle della madre, con una mano sulla sua spalla. Mentre osservava il ritratto, Amanda ebbe un'epifania.

"Forse," disse lentamente, non volendo contraddire il re, "non è irresponsabile come voi credete. Forse, semplicemente, non si sente a proprio agio con la vita di palazzo, con ciò che ci si aspetta da lui. Quando è con i suoi amici, sente di poter essere se stesso."

Di sicuro le era parso più a proprio agio al casinò che a palazzo. Allora, il principe aveva riso e scherzato con i suoi amici, ma una volta che erano giunti al matrimonio reale e lui era stato circondato da invitati aristocratici e membri della stampa, si era zittito. Aveva cercato di tenersi in disparte. E poi era giunto l'invito a passeggiare nel giardino delle rose.

Marco aveva voluto sfuggire alle chiacchiere incessanti.

Il re inarcò un sopracciglio scuro. "È molto perspicace, signorina Hutton. Anch'io sono giunto alla medesima conclusione."

Il re esitò per un momento, quindi si spostò alle spalle della sedia che aveva occupato in precedenza, appoggiando le mani sullo schienale. "Sotto molti punti di vista, Marco è diventato un giovane forte. Ha opinioni forti, ma presta orecchio agli altri e considera i loro sentimenti. E sebbene a volte sappia essere molto socievole, bada a non dare mostra dei suoi pensieri più intimi. Tutte ottime qualità per un principe." Un sospiro stanco sfuggì alle labbra del re. "Tuttavia, proprio perché Marco è così forte, dà l'impressione di non aver bisogno di nessuno. Ora mi rendo conto che ne ha bisogno, proprio come aveva bisogno di sua madre quando era giovane. Aletta faceva sì che si sentisse a proprio agio a palazzo e lo guidava attraverso le complessità di una vita molto pubblica."

Lo sguardo di Eduardo si fissò su Amanda e lo stomaco di lei si annodò quando si rese conto del perché il sovrano le aveva chiesto un colloquio privato.

"È per questo che Marco ha bisogno di lei, signorina Hutton, anche se è troppo cocciuto e orgoglioso per ammetterlo. Lei è un'esperta di queste faccende. Voglio che gli faccia da guida e gli mostri come fare per affrontare la posizione che è nato per ricoprire. Che lo aiuti a trovare il suo ruolo pubblico come membro della famiglia reale."

Amanda esitò. Ebbe bisogno di un momento per soffocare l'impulso a spalancare la bocca. "Mi state chiedendo di insegnare a vostro figlio? Al principe Marco?"

"Lo prenderebbe in considerazione?"

"Vostra Altezza, sono davvero lusingata. Ma io non lavoro con gli adulti." Di sicuro non con uomini che avevano il potere di accelerare i battiti del suo cuore semplicemente guardandola.

Amanda si raddrizzò sulla sedia, sperando di proiettare una tranquillità che non provava. "Non so in che modo Jennifer vi abbia parlato del mio lavoro, ma io ho esperienza di bambini e adolescenti. Quello che voi mi chiedete è qualcosa di molto diverso. Ciò che cercate va oltre le mie competenze professionali."

Palesemente abituato a ottenere ciò che voleva, il re proseguì come se lei non avesse opposto alcuna obiezione. "Suo padre è un uomo d'onore, capace di mantenere un segreto. E lei ha dimostrato la stessa capacità nel corso della sua carriera. Inoltre, ha un legame personale con la mia famiglia, cosa che fa di lei la candidata perfetta." Il re tornò alla sua scrivania e aprì un cassetto. "Sa, ho parlato con la mia nuova nuora mentre Marco le mostrava il giardino delle rose. Mi ha spiegato che lei ha ottime referenze e ha risposto affermativamente quando le ho chiesto se stesse cercando nuovi clienti."

Amanda avrebbe ucciso Jennifer una volta lasciata la presenza del re, migliore amica o no. D'altra parte, il re non aveva specificato di aver detto a Jennifer che si stava informando per Marco. Probabilmente, Jennifer aveva dato per scontato che Eduardo avesse un amico con dei figli piccoli bisognoso dei suoi servigi.

"È vero, Vostra Altezza, ma–"

"La prego di perdonarmi, ma ho svolto alcune indagini prima di parlare con Jennifer. Il suo ultimo impegno professionale si è concluso quasi quattro mesi fa. L'affitto è costoso a Washington, anche nel caso di una residenza modesta. E nemmeno i beni di prima necessità, i mezzi di trasporto e le altre spese di base sono economici. Per non parlare dei prestiti studenteschi, per chi ne ha contratti. Quattro mesi senza un impiego sono parecchi." Il re la guardò, quindi annuì fra sé, come se il fatto che Amanda non lo aveva contraddetto confermasse le sue indagini.

"Di conseguenza," continuò, estraendo un foglio di carta dal cassetto e mostrandoglielo, "sono disposto a offrirle uno stipendio sostanzioso, con un contratto che garantisce tre mesi di paga. Sono disposto a pagare ciascun mese in anticipo, se la cosa può esserle d'aiuto. Avrà un'assicurazione medica. Un'assicurazione dentistica. Accesso completo a palazzo, compresa la palestra, il parrucchiere, il sarto – qualunque servizio lei desideri. Al termine di tale periodo, se Marco avrà ottenuto i risultati sperati, mi impegnerò personalmente affinché lei trovi un impiego presso una famiglia rispettata, qui in Europa o negli

Stati Uniti. Come preferirà. Se avrò la sensazione che Marco abbia ancora bisogno di lei, potremo discutere dei termini che le permetteranno di fermarsi quanto necessario a concludere il lavoro."

Amanda cercò di non mostrarsi stupita quanto era. Dalla descrizione di Eduardo, quello sembrava il lavoro dei sogni, con l'eccezione dell'allievo. "Vostra Altezza, è davvero un'offerta–"

"Un'offerta che non potrà rifiutare, spero. Non importa che la sua esperienza sia con i bambini. Mio figlio potrà anche essere un principe e un uomo adulto, ma la tratterà con il rispetto che merita e seguirà le sue istruzioni. Non ci saranno ribellioni da parte di questo allievo."

Il re spinse il documento attraverso la scrivania. "È disposta a firmare il contratto?"

Amanda si costrinse a stare ferma mentre rifletteva. Come poteva accettare il lavoro?

Non temeva l'animo ribelle di Marco, come sembrava credere il re. Era la sua attrazione nei confronti del principe a preoccuparla.

Tutte le donne che avevano partecipato al matrimonio erano consapevoli del sex appeal di Marco. Quando aveva passeggiato per il giardino con lui, Amanda aveva percepito che l'uomo provava emozioni profonde e che non era l'individuo superficiale che gli altri credevano fosse. Il suo bell'aspetto, combinato con la sua psiche complessa, formava un pacchetto molto allettante.

Ma lei doveva lottare contro quel fascino con tutte le proprie forze. Innamorarsi di Marco non avrebbe fatto che dare prova della propria irresponsabilità, facendole perdere il lavoro prima ancora di averlo cominciato. Se avesse accettato quell'incarico e poi lo avesse perso, trovarne un altro sarebbe stato impossibile.

"Vostra Altezza, non sono certa..." esordì; ma mentre parlava incrociò lo sguardo del re e si rese conto che rifiutare avrebbe potuto essere peggio.

Trasse un respiro profondo, per poi rendersi conto che non sentiva più l'orchestra che suonava sulle scale del giardino. Gli ospiti se ne stavano andando, il che significava che l'indomani lei sarebbe tornata negli Stati Uniti senza alcuna prospettiva. Un altro mese di disoccupazione e sarebbe dovuta tornare a vivere con i suoi genitori.

Si alzò dalla sedia e raggiunse la scrivania.

"Avete una penna?"

Il re estrasse una grossa penna a sfera mentre lei leggeva rapidamente il contratto. Tutto ciò che Eduardo le aveva promesso – uno stipendio sbalorditivo, privilegi incredibili – la fissava nero su bianco.

"Ho solo un appunto," disse mentre continuava a leggere. "Sebbene siate voi il mio datore di lavoro, la mia politica è sempre stata di anteporre a tutto le necessità dei bambini che seguo. È mio dovere insegnare loro a trovarsi a proprio agio nel loro ruolo pubblico. Non insegnare loro come far felici i genitori. Per me, è il bambino – in questo caso il principe Marco – il cliente. Gli insegnerò a ricoprire il suo ruolo al meglio delle sue capacità. Non delle vostre."

Il re ci pensò su per un lungo istante. Poi annuì.

Prima di poter cambiare idea, Amanda firmò il contratto.

Il re aggiunse la propria firma alla sua, quindi le disse che le avrebbe fornito una copia. "Ne varrà la pena, signorina Hutton. Non se ne pentirà."

Amanda sperava che non sarebbe stato il re a pentirsene. E chissà come avrebbe reagito Marco quando lo avrebbe saputo.

***

Marco rotolò su se stesso, protendendosi verso il comodino nel tentativo di trovare il telefono e disattivare la sveglia.

Imprecò sottovoce quando qualcosa di acuminato gli trafisse

il palmo. Strizzando gli occhi nella fioca luce del mattino, vide la rosa gialla e ricordò.

Come gli era venuto in mente di prendere quella cosa spinosa? L'aveva offerta a lei, per il *suo* comodino.

E non avrebbe dovuto fare nemmeno quello.

Spinse da parte le spesse coperte mentre si sedeva, quindi si rese conto che il rumore incessante non era la sveglia, ma il campanello del suo appartamento privato. Nell'istante in cui fece quel collegamento, una mano cominciò a bussare spietatamente. Non era un umore contento.

Doveva essere Isabella, che come al solito si era svegliata con le galline ed era venuta a dirgliene quattro perché era sparito dal ricevimento invece di discutere di politica con la sua amica Eliza Schipani.

Marco imprecò sottovoce. Conoscendola, Isabella non se ne sarebbe andata prima di aver detto ciò che era venuta a dire. Forse, se lui si fosse scusato subito e, nel caso Isabella avesse insistito con forza, avesse promesso di chiamare Eliza, avrebbe potuto tagliare corto la ramanzina della sua opprimente sorella maggiore.

Si lisciò i capelli con le mani e sbadigliò. Avrebbe dovuto prevederlo. Se fosse stato sveglio, si sarebbe organizzato con i suoi amici per andare in Austria subito dopo il ricevimento, invece che aspettare la sera del giorno dopo.

Dopo essersi infilato la vestaglia sopra i boxer, uscì dalla camera da letto, attraversò il salotto e raggiunse la porta d'ingresso del suo appartamento. Quando la aprì, rimase sbalordito nel vedere suo padre, non Isabella, nel corridoio.

Doveva essere successo qualcosa. Di solito, il re convocava i suoi figli se aveva bisogno di parlare con loro. Di certo non li svegliava al sorgere del sole, suonando il campanello e battendo sulla porta con forza sufficiente da spaccare il legno.

D'altra parte, il re non convocava spesso gli ospiti del palazzo nel suo studio privato per conversazioni a tarda sera.

Mentre Marco fissava suo padre, gli venne in mente che, probabilmente, la comparsa mattutina del sovrano aveva a che fare con Amanda Hutton.

"Padre?" Marco spalancò la porta. "Che succede?"

Il re squadrò Marco dalla testa ai piedi, le sopracciglia inarcate in un'espressione di disapprovazione. "Forse dovrei lasciare che ti vesta, prima. Apri spesso la porta così abbigliato?"

"A quest'ora, sì."

Eduardo scosse infastidito la testa, ma oltrepassò Marco per entrare in salotto. "La tua predilezione per risposte del genere, figlio mio, è ciò di cui sono venuto a discutere. Fra l'altro."

Marco trattenne una risposta ancora più sarcastica. Il re sollevò il bordo di una morbida tenda grigia per guardare fuori dalla finestra del salotto mentre l'alba si diffondeva nel giardino sottostante, per poi lasciar ricadere il tessuto prima di prendere posto su una delle poltrone di cuoio nero di Marco. Gesticolò verso una poltrona identica. "Vieni, Marco. Abbiamo faccende importanti di cui discutere questa mattina."

Marco chiuse la porta, allontanò il fastidio dalla sua espressione, quindi attraversò la stanza per raggiungere suo padre. Dopo essersi lasciato cadere sulla sua poltrona preferita, mise i piedi nudi sul tavolino da caffè, con palese dispiacere del re.

"Marco."

Marco gli lanciò un'occhiata, sfidandolo a fare commenti. Era un uomo adulto nel suo appartamento. Se aveva voglia di indossare una vestaglia e mettere i piedi sui mobili nelle prime ore del mattino, prima che il resto del mondo si alzasse dal letto, nemmeno il re aveva diritto di mettere becco.

"Marco," ripeté Eduardo, in tono leggermente più conciliante. "Voglio arrivare subito al punto. Disapprovo l'atteggiamento incurante che hai mantenuto da quando sei tornato a palazzo."

Decidendo che era meglio tacere, Marco attese.

"Ciò che fai nel tuo appartamento," il re gesticolò verso i

piedi di Marco mentre lui li spostava sul tavolino, "è affar tuo. Tuttavia, una volta che esci da quella porta, le tue azioni sono affar mio."

Quando Marco optò nuovamente per il silenzio, il re si alzò, tornando alla grande finestra che si apriva sul giardino del palazzo. "Stai cominciando a farti una certa reputazione, Marco. Quando eri nelle forze armate, ho dato per scontato che scegliessi di lanciarti da aerei e accettare incarichi rischiosi perché lo ritenevi nobile o perché volevi goderti certe bravate prima di dedicarti a un ruolo di servizio pubblico più tranquillo qui alla Rocca. Te l'ho permesso nonostante un principe debba essere più prudente degli altri soldati, considerato il suo valore per la società."

Il re esalò il fiato e Marco non apprezzò quello che lesse nella tensione delle spalle di suo padre. "Ma ora stai correndo quegli stessi rischi nelle tue attività private. Non prendi in considerazione le ramificazioni che il tuo comportamento ha sugli altri."

Marco inarcò un sopracciglio. "Non ho sentito nessuno lamentarsi."

"Naturalmente. Ma io sì. Per esempio, quando ti ho insegnato a sciare, ti ho detto che è importante tenere un passo moderato, fermarsi a sorridere a coloro che ti riconoscono. Metterti in posa per i fotografi. Ma invece, sento dire che sei spericolato. Scii troppo in fretta, ignori tutti tranne i tuoi amici. Questo non fa buona impressione."

"Non sono spericolato. Sono *bravo*. E con il casco e sciando abbastanza velocemente, in pochi mi riconoscono."

Il re sbatté la mano sul davanzale della finestra, quindi si voltò verso di lui. "Sei più riconoscibile di quanto credi. I miei consiglieri cominciano a preoccuparsi delle voci che circolano. Fra le nostre cerchie, alcuni mormorano delle cifre che scommetti. E del numero di donne che frequenti."

Che qualcuno dicesse che Marco giocava ci poteva stare. Per

quanto lo facesse solo con il suo denaro personale e mai con quello che gli passava lo Stato. Ma il resto? Solo perché le donne lo perseguitavano ovunque andasse non significava che lui si fosse comportato in maniera inappropriata. Non le aveva mai nemmeno toccate.

"Un momento," chiese Marco, improvvisamente insospettito. "C'è di mezzo Amanda Hutton?" Magari suo padre aveva davvero assistito al loro scambio di battute in giardino. In tal caso, Marco intendeva chiarire subito come stavano le cose.

Il re si accigliò. "In realtà, sì. Come facevi a saperlo?"

Marco esitò. Suo padre sembrava un po' troppo sorpreso dal riferimento ad Amanda. "Come facevo a sapere *cosa*, esattamente?"

"Che l'ho assunta."

Un nodo si formò nello stomaco di Marco quando si rese conto dell'errore di valutazione che aveva commesso. E di ciò che doveva aver fatto suo padre. "L'avete assunta?" chiese. "Per fare cosa?"

"Per farti da tutrice, per così dire. Ti guiderà in tutte le faccende legate al protocollo, per aiutarti a trovare il tuo spazio nella vita pubblica."

"Una tutrice."

"Una coach, se preferisci. O una consigliera."

Marco tolse i piedi dal tavolino e si raddrizzò. "Apprezzo che voi vogliate che io mi senta più a mio agio a palazzo, ma sono un adulto. Non ho certo bisogno di una *tutrice*." Non avrebbe voluto fare quell'ultimo passo ma, probabilmente, in cuor suo lo aveva sempre saputo. Proseguì: "E poi, rimarrò solo temporaneamente a palazzo. Ho deciso che è meglio che mi arruoli di nuovo. So che non è un ruolo molto pubblico, ma servire il popolo di San–"

"No."

"No?" Il mento di Marco ebbe uno scatto involontario, come suo padre lo avesse colpito.

"No. C'è bisogno di te qui. Troppe questioni richiedono la mia attenzione. Devo poter delegare certi compiti ad altri membri della famiglia."

Marco strinse i denti. Aveva sempre pensato che suo padre avrebbe approvato nel caso lui avesse optato per una carriera militare. Non era il lavoro dei suoi sogni, ma era decisamente più rilassante che rimanere nella fredda boccia per pesci che era la vita pubblica di palazzo. E le altre scelte, scelte per lui gradevoli – dirigere un resort sciistico o un'agenzia di viaggi, per esempio – gli erano precluse in quanto principe.

"Padre," disse Marco, badando a non contraddire direttamente il re, "di certo Antony, Federico e Isabella possono assumersi qualunque incombenza voi abbiate bisogno di delegare. Antony è un oratore molto popolare. È abilissimo nel condurre le cene in società ed esperto di affari esteri. Federico ha svolto un ottimo lavoro in occasione del summit economico del mese scorso e Isabella ha dimostrato più e più volte–"

"Non è in discussione, Marco. Tu non tornerai nelle forze armate."

Il re sospirò, quindi si avvicinò e gli mise una mano sulla spalla. Il suo tono di voce si addolcì, ma non il suo sguardo che rimase autoritario. "Ci sono migliaia di persone che possono prendere il tuo posto nelle forze armate, ma solo tu puoi svolgere il tuo ruolo di principe. In tale guisa, puoi essere più utile di quanto credi. Sei un uomo intelligente e premuroso. Le persone che conosci ti sono incredibilmente leali e ti rispettano."

La sua presa sulla spalla di Marco si accentuò per una frazione di secondo. "Sono orgoglioso della persona che sei e voglio che tu realizzi il tuo potenziale. Ciò significa rimanere qui e diventare una forza attiva in questa casa."

Lasciò ricadere la mano dalla spalla di Marco e si incamminò verso la porta, senza lasciargli opportunità di ribattere. Si soffermò prima di aprire. "La signorina Hutton ti aspetta in biblioteca fra un'ora. Presentati vestito in maniera decorosa e pronto a imparare. Soprattutto, non biasimarla per la mia decisione. Permettile di fare il suo lavoro. Vi concederò una riservatezza assoluta e mi aspetto che tu sfrutti bene quel tempo. Nella tua agenda sono previsti incontri quotidiani con lei. Non li eviterai. Capito?"

"Sì, signore." Marco aveva capito benissimo. Avrebbe avuto una tutrice, che lo volesse o meno. E *riservatezza assoluta*. Per ore, un giorno dopo l'altro, proprio con il genere di donna che aveva giurato di non lasciar mai entrare nella sua vita.

Marco chiuse gli occhi. Come avrebbe potuto vedere Amanda in circostanze tanto intime dopo quello che c'era stato fra di loro la sera prima? Gli girò la testa, costringendolo a comprimersi la fronte con il palmo della mano. Il palmo gli bruciava nel punto in cui la spina della rosa era penetrata nella sua pelle, il che non fece che peggiorare la sua frustrazione.

"E, Marco." Il re attese di avere la sua attenzione prima di lanciargli un'ultima occhiata severa. "Non ti è permesso lasciare il palazzo fino a quando il tuo periodo con la signorina Hutton non sarà concluso. Non senza il mio esplicito permesso anticipato."

"Cosa sono, in carcere?" Marco si alzò dalla poltrona. Fino a quel momento, aveva controllato il risentimento, ma che suo padre lo mettesse di fatto gli arresti domiciliari era troppo. "E quanto dovrebbe durare questo 'periodo?' Ho degli impegni–"

"Il tempo necessario. Cancella gli altri tuoi impegni. Sono assolutamente serio."

Marco spalancò le braccia. "E io sono assolutamente in grado di gestire i miei affari. Forse non desidero cancellare–"

Il volto del re si tramutò in pietra. "Io non sono soltanto tuo padre, Marco. Sono il tuo re. Faresti meglio a ricordartelo."

"Signore–"

"Se cercherai di lasciare il palazzo, scoprirai di non averne i mezzi."

Ciò detto, il re se ne andò, la porta che si chiuse con un fermo "click" alle sue spalle mentre il meccanismo scattava.

"Miseria ladra," borbottò Marco alla stanza silenziosa. Fissò la porta per un istante, quindi si mise a camminare avanti e indietro per il salotto mentre la sua rabbia ribolliva.

Tanti saluti all'escursione. Tanti saluti all'evitare le affollate e stantie funzioni di palazzo. Tanti saluti allo stare lontano da *lei*.

Marco smise di camminare e si passò le mani sopra la testa. Aveva bisogno di fare una lunga doccia fredda. Poi avrebbe pensato a un piano di fuga.

Non avrebbe mai accettato di prendere lezioni di etichetta – soprattutto non da Amanda Hutton – senza combattere.

CAPITOLO 5

MARCO ESITÒ fuori dalle doppie porte della biblioteca. Dopo un rapido respiro per farsi forza, sbirciò dietro l'angolo.

Con la consueta postura perfetta da modella, Amanda era appollaiata sul bordo della sedia dietro la scrivania di ciliegio della sua bisnonna, offrendogli una visuale netta del suo profilo. Ignara della sua presenza, Amanda aggrottò la fronte per la concentrazione e passò l'indice della mano sinistra su un foglio di carta. Ogni pochi istanti borbottava qualcosa fra sé, quindi continuava a leggere.

Marco strinse i denti. Si trattava probabilmente di una lunga lista delle sue mancanze, cortesia di re Eduardo.

Si chiese per un attimo se la donna lo avrebbe trovato mancante come faceva la sua famiglia. A giudicare dalla sua postura rigida e dall'immacolato tailleur di seta color caffè, sembrava pronta a interpretare il ruolo della tutrice reale – *consigliera*, si corresse Marco – soprattutto considerato che quello era uno dei tailleur di sua sorella, la principessa Isabella.

Fantastico. Se sua sorella aveva aiutato Amanda, prestandole i suoi indumenti professionali in attesa che quelli della donna arrivassero degli Stati Uniti, senza dubbio anche i fratelli di

Marco avevano saputo di quella frettolosa organizzazione. La sua famiglia avrebbe mai imparato a portargli il rispetto dovuto a una persona adulta?

Marco rientrò in corridoio, fuori dal campo visivo di Amanda, e si prese un momento per stemperare la rabbia. Si rigirò fra le dita la rosa gialla ora aperta, sapendo di dover discutere di ciò che era accaduto fra di loro la notte prima e di doverlo sminuire. Interferenze familiari o meno, se fosse riuscito a convincersi che quella donna aveva *bacchettona* scritto in fronte, che si era immaginato tutto quando aveva percepito un'attrazione reciproca, avrebbe dovuto riuscire a mettere in atto il suo piano.

C'era una cosa che aveva imparato nelle forze armate: non bisognava gettarsi a testa bassa in un conflitto. Meglio scoprire tutto il possibile riguardo al nemico e sfruttare tale conoscenza a proprio vantaggio. In quel caso, lui doveva considerare Amanda come il nemico, anche se il nemico aveva le gambe di una showgirl di Las Vegas e un sorriso che provocava reazioni nel suo corpo, che lui lo volesse o meno.

Lanciò un'altra rapida occhiata nella biblioteca. Amanda si era voltata, apparentemente per controllare l'ora sulla pendola nell'angolo.

La bocca di Marco ebbe un guizzo di soddisfazione. Fino a quel momento, il suo piano era andato come previsto. Era in ritardo e, come aveva immaginato, Amanda Hutton era il genere di persona che esigeva che il mondo girasse con la stessa precisione di un orologio ben oliato. Seguiva le regole, apprezzava l'ordine, la civiltà e, soprattutto, la puntualità.

Considerato tutto ciò, ricordò a se stesso Marco, probabilmente non lo avrebbe trovato minimamente affascinante. Dopotutto, era stato *lui* a baciare *lei* in giardino. La donna non aveva ricambiato il bacio. Aveva abbandonato il suo fiore senza pensarci due volte.

E poi aveva accettato di lavorare per suo padre.

Marco si arruffò i capelli già in disordine. Poteva farcela. Doveva farcela. Durante la doccia, aveva concluso che schivare le lezioni sarebbe stato impossibile. Anche se Amanda si fosse licenziata seduta stante, il re avrebbe inevitabilmente trovato qualcuno che prendesse il suo posto. Quando Eduardo prendeva una decisione, era difficile che si lasciasse dissuadere.

Ma Marco poteva fare in modo che quella persona non fosse Amanda Hutton. Amanda aveva avuto un effetto sulla sua psiche e, che fosse attratta da lui o meno, Marco non poteva permettersi di affezionarsi a lei. L'aveva imparato a caro prezzo.

Dopo aver controllato l'orologio per assicurarsi che fossero passati almeno dieci minuti dall'ora concordata, osservò i suoi vestiti. Al diavolo il valletto che gli aveva stirato i pantaloni. Sembrava che Marco avesse curato la sua immagine, proprio come si aspettava suo padre, ma non aveva la minima intenzione di entrare in quella stanza con l'aspetto di uno scolaretto pronto a sedere composto e assorbire le lezioni quotidiane. Aveva venticinque anni, santi numi. Era laureato. Era un ufficiale in congedo.

Strattonò le gambe dei pantaloni, schiacciando il tessuto fra le mani. Inutile. Optando per lasciare la camicia mezza fuori dai pantaloni, entrò in biblioteca.

Amanda sollevò lo sguardo dalla scrivania quando lui le si avvicinò. Ancora una volta, i luminosi occhi nocciola della donna gli mozzarono il fiato, nonostante lei lo stesse guardando storto come se avesse marinato la scuola.

"Buongiorno, Vostra Altezza. Stavo per venire a cercarvi… di nuovo. Re Eduardo ha insistito perché cominciassimo alle otto in punto. Siete in ritardo di dodici minuti." Gesticolò verso i vestiti di Marco. "E dovreste infilare la camicia nei pantaloni. Mi aspetto che i miei allievi si presentino come se stessero per incontrare una persona importante, dato che l'obiettivo dell'istruzione che impartisco è proprio quello."

AMANDA SI COSTRINSE A TENERE le mani ferme e il respiro costante quando Marco diTalora incrociò il suo sguardo con un sorriso sghembo. Era rimasta sveglia per metà della notte, discutendo internamente il modo migliore di adattare le sue lezioni alle necessità di un cliente adulto – un cliente adulto che l'aveva baciata e che avrebbe fatto ben altro se il padre non li avesse interrotti. Verso le quattro del mattino, si era arresa e aveva deciso che sarebbe andata a braccio. Da quello che aveva visto, Marco diTalora era un uomo che amava l'azione, per cui probabilmente avrebbe reagito in negativo alle strategie che lei utilizzava con i soliti allievi.

I suoi sospetti avevano avuto conferma da parte della principessa Isabella, che era passata dalla sua stanza attorno alle sette con del caffè e l'offerta di prestarle alcuni completi mentre lei attendeva l'arrivo dei suoi. Isabella aveva riso quando Amanda aveva chiesto se Marco avrebbe potuto preferire un piano di studi aperto rispetto qualcosa di più strutturato. Ma la principessa l'aveva avvertita che non doveva mostrarsi troppo permissiva, oppure Marco le avrebbe bagnato il naso.

A giudicare dall'aspetto del principe quella mattina, Amanda aveva una bella gatta da pelare fra le mani.

Sebbene Marco sembrasse lavato e rasato di fresco, i suoi capelli erano tornati a quell'aspetto arruffato da surfista che lei aveva visto il pomeriggio prima al casinò. Non esattamente l'aspetto di un uomo pronto a prendere sul serio le sue lezioni.

E sembrava un po' troppo felice di vederla.

L'uomo infilò la camicia nei pantaloni con un barlume di divertimento negli occhi, quindi ficcò una mano nella tasca dei pantaloni neri di sartoria e si appoggiò alla parete coperta di ricco broccato rosso di fronte alla scrivania.

"È un piacere rivederla così presto, signorina Hutton." Lentamente, un sorriso sexy si allargò sui piani perfetti del volto del principe. "Mi pare di capire che mio padre l'abbia assunta per insegnarmi quale forchetta usare."

Amanda si mise comoda sulla sedia, osservandolo. Il loro ultimo incontro era stato estremamente intimo e tuttavia, considerate le circostanze, l'uomo non avrebbe dovuto essere affatto contento di vederla.

Badando a scegliere le parole giuste, Amanda rispose: "Pensavo che avessimo avuto questa conversazione ieri in auto. Come forse ricorderete, vi ho detto che quello che faccio va ben oltre le forchette."

"A proposito." Il principe fece qualche passo verso di lei, mostrando lo stesso atteggiamento spavaldo che aveva sfoggiato quando avevano lasciato il casinò. Quello che diceva che lui sapeva di essere un principe attraente e che voleva esercitare il suo fascino su di lei. Sconvolgendola, Marco estrasse la rosa gialla che lei aveva lasciato cadere sul sentiero del giardino. L'aveva tenuta nascosta dietro la schiena?

L'uomo lanciò la rosa sulla scrivania e proseguì: "Considerato ciò che è accaduto in giardino la notte scorsa e il fatto che mio padre ci ha ordinato di trascorrere una gran quantità di tempo insieme in privato, ho il sospetto che potremmo andare *molto* oltre–"

"Non pensateci nemmeno." Amanda si alzò, mettendo le mani sulla scrivania per evitare che tremassero. Ora sì che l'atteggiamento fin troppo rilassato del principe aveva un senso.

Considerato ciò che lei sapeva della sua reputazione, ciò che era accaduto fra di loro la notte prima era qualcosa di straordinario per lui – al punto che aveva tenuto la rosa da lei abbandonata – e le aveva consentito di sbirciare per un attimo nella sua anima complessa. E tuttavia, il principe Marco era una canaglia, un birbante e un amante degli scherzi. Tanto Jennifer quanto Isabella l'avevano avvertita e lei si era presentata preparata in biblioteca.

A quanto pareva – Amanda si costrinse a non guardare il fiore sulla scrivania – lo stesso aveva fatto lui.

Se Amanda voleva conservare il lavoro, non poteva soccombere al fascino del principe, né alle emozioni profondamente intime che aveva intravisto quando lui le aveva baciato il polso in giardino né alle avances determinate che ora lui le stava facendo.

L'uomo girò attorno alla scrivania e si fermò a un braccio di distanza, appoggiò il posteriore alla superficie lucida e si chinò lentamente per bisbigliarle vicino all'orecchio: "E a cosa starei pensando, signorina Hutton?"

Il suo fiato caldo le accarezzò la guancia e per un brevissimo istante lei pensò di voltarsi verso di lui, di vedere se questa volta le avrebbe dato un vero bacio. La realtà si sarebbe rivelata all'altezza della promessa di divertimenti e avventure fatta dai suoi sorrisi sbarazzini?

Invece, Amanda si raddrizzò, ignorando l'attrazione che avvertiva sempre in presenza dell'uomo, e sollevò il mento per guardarlo dritto negli occhi. "State pensando di poter schivare le lezioni civettando con me. Che mi dimetterò in nome del decoro o che vostro padre sentirà puzza di bruciato e mi licenzierà. In entrambi i casi, non funzionerà."

Amanda girò attorno alla sedia, frapponendo una distanza di sicurezza fra sé e il Principe Azzurro.

Invece di inseguirla o di discutere con lei, Marco gettò la testa all'indietro e rise. Incrociate le braccia, chiese: "Sono così trasparente? Cosa mi ha tradito?"

Incapace di trattenersi dal ricambiare il sorriso, Amanda frappose un po' più di spazio fra di loro e spiegò: "Nulla di specifico. I miei allievi cercano sempre di fare il possibile per evitare le lezioni, soprattutto il primo giorno." Gesticolò verso la scrivania, mettendo da parte l'importanza della rosa come ora Marco sembrava disposto a fare. "Certo, non mi era mai capitato che uno di loro provasse... beh, *quello*. D'altra parte, i miei allievi sono sempre stati di almeno un decennio più giovani di voi."

Amanda prese posto su una delle poltrone gialle rivestite di seta della biblioteca. "In ogni caso, come ho detto, non funzionerà. Il re vuole che voi rientriate a far parte della scena sociale e politica del palazzo. Mio compito è lavorare con voi fino a quando non sarete a vostro agio in tale ruolo. Stando a quanto lui mi ha raccontato, sarete uno allievo ben disposto."

Il principe inarcò le sopracciglia. "Mio padre sa essere convincente quando vuole che i suoi figli facciano qualcosa. Quello che non capisco è perché lei abbia accettato l'incarico."

"Come avete detto, vostro padre è un uomo convincente."

"Decisamente." Il principe sollevò il bacino dalla scrivania, poi si avvicinò e prese posto sulla sedia accanto alla sua. Amanda lesse nei suoi occhi che avrebbe ancora voluto proporre di lasciar perdere tutto.

"E," si affrettò ad aggiungere nel caso lui volesse provarci di nuovo, "io non amo correre rischi. Come potete immaginare, andare contro i desideri di vostro padre potrebbe essere un grave rischio per una persona che fa il mio mestiere. Vi toccherà sopportarmi."

Gli occhi di Marco brillarono di birbanteria. "Ora sì che ci capiamo. Con cosa l'ha ricattata mio padre?"

"Vostro padre non mi ha ricattata," disse Amanda. "Lezione numero uno: non è molto cortese insinuare che io abbia fatto qualcosa che dovrei tenere nascosta."

Beh, re Eduardo non l'aveva esattamente ricattata. Ma d'altra parte, Amanda non si era trovata nella posizione di poter dire di no.

"Sono certo che compio spesso gesti scortesi, signorina Hutton; è per questo che mio padre l'ha assunta. Ma non volevo insinuare che vi sia qualcosa di poco limpido nel suo passato. Magari l'ha convinta in qualche altra maniera?"

"Sono una professionista. Non ho bisogno di essere convinta a fare il mio lavoro."

"Il suo lavoro è con i bambini."

"Abbiamo tutti bisogno di qualcosa di diverso, ogni tanto. Di una sfida." Amanda non aveva certo intenzione di dire a Marco che era a corto di denaro. Probabilmente, lui le avrebbe dato una mazzetta e avrebbe chiamato un'auto che la portasse all'aeroporto.

Il principe sollevò per un attimo lo sguardo sul soffitto, poi sorrise. "Una sfida. Sa, mio padre mi ha descritto in quel modo più di una volta. Ma capisco dalla sua espressione che aveva altri motivi per accettare il lavoro. Forse, se mi dice di cosa si tratta, potrò proporre un accordo adatto a entrambi."

"In che senso un accordo?"

"Senza offesa, signorina Hutton, ma nonostante il mio fallito tentativo di spingerla a lasciar perdere, non ho intenzione di prendere lezioni come se fossi un bambino delle elementari."

La colazione di Amanda le si rimescolò nello stomaco. Non poteva perdere il lavoro al primo giorno. Ci avrebbe rimesso il denaro e la raccomandazione del re. Per non parlare del colpo all'orgoglio.

Marco ricominciò ad avvicinarsi a lei e Amanda colse un vago sentore della sua colonia. Aveva un odore delizioso come quando avevano camminato fianco a fianco lungo lo stretto corridoio del casinò.

"Perché ha bisogno di questo lavoro? È solo per la sfida o c'è dell'altro? Prestigio? Denaro?"

Quando Marco azzeccò la risposta, l'espressione di Amanda doveva essere cambiata, perché il sorriso dell'uomo si fece spaventosamente largo. "Ah, capisco. Denaro. Immagino che le abbia offerto parecchio."

"Siete inconcepibilmente maleducato. Ci lavoreremo su."

"Non lo fa per il denaro?"

"Certo che no." Amanda mosse una mano a indicare i ricchi

ornamenti che la circondavano. "Ma voi più di tutti dovete ammettere, Vostra Altezza, che il denaro può aiutare a ottenere quello che si vuole dalla vita. Non potreste trascorrere nemmeno lontanamente altrettanto tempo giocando o in barca se non fosse per la vostra ricchezza e la vostra posizione."

"Se non fosse per la mia ricchezza e per la mia posizione, forse non ne avrei bisogno."

Lo sguardo fisso degli occhi azzurri di Marco parve vederle attraverso. Amanda non aveva una risposta.

Qualche istante dopo, l'uomo chiese: "Cosa vuole dalla vita, Amanda? Se avesse il mio denaro, intendo."

"L'indipendenza," disse lei, per poi pentirsene immediatamente. Proprio lei, una persona che insegnava all'élite come trattenere le emozioni, come mantenere private le loro vite personali quando si trovavano sotto i riflettori, aveva appena rivelato al principe la sua paura più profonda: che non sarebbe mai stata completamente libera dall'influenza di suo padre o dalla delusione di lui nel caso avesse fallito.

Il principe Marco aveva il dono di sbilanciarla.

"È tutto quello che voglio anch'io." Il tono dell'uomo era sorprendentemente sincero. Gesticolò verso il ritratto ufficiale di re Eduardo che dominava la parete opposta della biblioteca. "Come può immaginare, mio padre ama tenere sotto controllo la sua prole. Lo sci, la nautica, il vento che mi sferza il viso, la benedetta assenza di chiunque possa giudicarmi o dirmi cosa devo fare... ha mai pensato che ciò mi dia una sensazione di libertà che non posso avere mentre sono intrappolato in questo antico mausoleo di un palazzo?"

Amanda esalò un lungo respiro. Capiva benissimo. Forse, se lui se ne fosse reso conto, lei avrebbe potuto trasformare le proprie difficoltà in un punto di forza.

"Mio padre è stato ambasciatore americano in Italia," esordì. "Attualmente è consigliere del Presidente. La sua posizione non è paragonabile a quella di vostro padre, ma significa che è abituato al potere. E tende a esercitare tale potere sui membri della sua famiglia."

Gli occhi di Marco danzarono. "Lei sta cercando di liberarsi, proprio come me."

Amanda cambiò posizione sulla sedia. "In un certo senso. Ma sebbene io comprenda la frustrazione dovuta all'essere nato in una famiglia influente, io non ho avuto un lavoro fin dalla nascita, a differenza di voi. Vostro padre è anche il vostro capo di Stato, mentre il mio non esercita alcun potere politico su di me. Ciononostante, nessuno di noi può modificare le circostanze della propria nascita ed è compito mio aiutarvi a vivere all'interno di tale cornice."

"E se dovesse perdere il lavoro? O lasciarlo? Perderebbe la sua indipendenza?"

"Diciamo così," concesse Amanda mentre si lisciava la gonna. Gli abiti presi a prestito non facevano altro che ricordarle che, in un certo senso, anche il suo tempo non le apparteneva. "Se lasciassi questa posizione senza averne un'altra che mi aspetta, faticherei a pagare l'affitto del mio appartamento e a coprire le spese della mia attività. Mantenere una residenza e un'attività mia sono ciò che mi fornisce un senso di indipendenza."

Mentre le parole le uscivano di bocca, il suo cervello si chiese perché stesse raccontando tutte quelle cose al principe Marco. Avere un adulto come allievo era una novità per lei e Amanda non si era presentata preparata, in particolare non per *quell'*allievo adulto. Sorrise, sperando di riprendersi dal disastro che aveva combinato. "Ma il punto non è la mia vita privata. Dobbiamo concentrarci su di voi e su ciò di cui avete bisogno per prosperare e trovare quel senso di libertà che bramate, tenendo in considerazione le vostre particolari circostanze. Volevo che voi sapeste che capisco che non è una vostra scelta e che vi sono solidale."

Marco ci pensò su per un momento, quindi si alzò dalla sedia e si recò alla finestra. Guardò fisso il giardino e lei si chiese se stesse guardando suo padre – il re era famoso per le sue corse mattutine lungo i sentieri – e quali pensieri gli stessero passando per la testa.

Alla fine, Marco si voltò verso di lei. "Ammetto di essermi presentato questa mattina con l'unico obiettivo di convincerla a lasciare. Ma anche se lei ha rifiutato l'accordo che ho proposto in origine" – lanciò una aperta occhiata di approvazione alle sue gambe, spingendola a infilarle immediatamente sotto la sedia – "un altro genere di accordo potrebbe funzionare. Forse, ciò di cui abbiamo bisogno è un'alleanza."

MARCO PASSÒ il palmo della mano sul freddo telaio della finestra. Per quanto detestasse cedere, forse aveva commesso un errore di giudizio. Amanda, nonostante tutto il pericolo che costituiva nei suoi confronti, non era il nemico della situazione. Quello era il re.

La donna strinse gli occhi. "In che senso un'alleanza?"

"Pensi alla natura della nostra situazione. Se mio padre dovesse rimanere dispiaciuto da lei, lei si ritroverebbe senza un lavoro e senza la sua indipendenza. Se rimanesse dispiaciuto dai miei progressi, la mia libertà verrebbe ridotta ancora più di quanto non lo è già. Ma se collaboriamo, otterremo entrambi quello che vogliamo."

"Che cosa proponete? Tenendo presente, naturalmente, che non ho intenzione di infrangere la parola data a vostro padre." La donna incrociò nuovamente le gambe mentre parlava e lui si costrinse a tenere sollevata la testa per non dare mostra di seguire il movimento.

"Non intendo chiederglielo. Credo che sia nel migliore interesse di entrambi sbrigare queste lezioni, o come vuole chiamare quello che stiamo facendo, il più in fretta possibile. In questo modo, lei potrà passare al suo prossimo incarico con una splendida raccomandazione di mio padre ad aprirle la strada e io potrò riavere la mia vita." Fino a un certo punto. Suo padre aveva messo in chiaro che Marco avrebbe fatto parte della scena di palazzo da quel momento in poi, ma se non altro sarebbe potuto uscire.

Amanda inclinò la testa. "Vi ascolto."

"Sarò un allievo docile e obbediente, purché vengano rispettate alcune regole."

"Ad esempio?"

"In primo luogo, mi aspetto di essere trattato come un adulto. Niente reprimende per la camicia fuori dai pantaloni o altre questioni estetiche. Mi rendo conto che lei è abituata a insegnare ai bambini, ma io so che aspetto devo avere nelle occasioni importanti. Avrà forse notato che ero impeccabile al matrimonio. Per non menzionare il fatto che le ho sistemato il vestito in auto per evitare che *lei* avesse un aspetto disordinato."

Lo sguardo della donna non vacillò, ma le sue guance si colorirono, dandogli un po' di soddisfazione. "D'accordo. Poi?"

"Dovrà darmi del tu. Niente "Vostra Altezza" quando siamo da soli. E se non è un problema, io gradirei fare lo stesso con lei."

La donna scosse la testa. "Datemi pure del tu, ma non è rispettoso che una popolana si rivolga in tal modo a un principe."

"Tu mi farai impazzire."

"Che ne dite di 'principe Marco?' È meno formale di 'Vostra Altezza.' È un compromesso sufficiente?"

L'uomo emise un piccolo verso di protesta. "No, ma immagino che sopravvivrò."

"Buono a sapersi, principe Marco. Avrei avuto difficoltà a giustificare la vostra morte improvvisa a vostro padre. Ci sono altre regole?"

Marco non riuscì a trattenere un sorriso. "Per il momento, no. Penseremo al resto strada facendo."

Notò l'occhiata che Amanda lanciò all'orologio, vigile al passare del tempo. "D'accordo, siccome comincia a farsi tardi, diamo inizio alla prima lezione."

"Come sfuggire alle cariatidi di palazzo in tre semplici passaggi?"

"Quello è un espediente temporaneo. Voi avete bisogno di soluzioni a lungo termine," rispose Amanda, lanciandogli un'occhiata di rimprovero che gli ricordò quella che gli aveva rivolto sua madre quando aveva scoperto che Marco, all'epoca sugli otto anni, aveva sostituito i piselli nel suo piatto con delle palline di pongo verde in occasione di una cena di Stato.

Marco mise da parte il ricordo e lasciò perdere l'atteggiamento inamidato di Amanda. Se dovevano trascorrere il futuro prossimo a distanza ravvicinata, lei avrebbe dovuto imparare a far fronte al suo senso dell'umorismo, proprio come aveva fatto sua madre. Sebbene la regina Aletta non avesse apprezzato la bravata, in seguito avrebbe ammesso che al dignitario onorato quella sera non avrebbe fatto male ingoiare un po' di pongo.

Amanda fece per dire qualcosa, poi esitò per un momento, come se gli stesse prendendo le misure. Alla fine, angolò la testa nella direzione del giardino. "Eravate a disagio al ricevimento. Perché?"

Diretta. Quella donna era troppo diretta. E perspicace.

"Siate onesto," aggiunse lei.

Marco si strinse nelle spalle, schivo. "Colpa dei paparazzi, credo. Sono fastidiosi. E impiccioni. Credo che mettano tutti a disagio."

"Non c'erano paparazzi quando mi avete invitato a fare una passeggiata," osservò la donna. "I pochi fotografi della stampa al ricevimento hanno avuto il permesso di restare solo per la prima ora. Ho avuto la netta impressione che voleste evitare Eliza Schipani e il parlamentare con cui stava parlando."

"Anche loro sono degli impiccioni."

Gli occhi nocciola della donna si colmarono di divertimento.

"Può darsi. Ma perché fuggire? Se si stavano intromettendo troppo, perché non mandarli a quel paese? In maniera diplomatica, naturalmente."

Era proprio quello il problema. Qualunque cosa Marco facesse, gente che conosceva a malapena sembrava sempre spostare la conversazione sulla sua vita privata e lui non sapeva mai come reagire.

"È difficile," rispose infine. "Non sono un buon conversatore."

Amanda inarcò un sopracciglio. "Con me ve la cavate benissimo. Quando siamo usciti dal casinò, non vi siete fatto problemi a dirmi esattamente quali parole avrei dovuto usare per complimentarmi per il vostro smoking."

"È diverso," obiettò Marco, ora imbarazzato al ricordo di aver usato con lei le battute che solitamente riservava alle svampite che lo inseguivano per la città. "Eravamo soli. Non c'erano macchine fotografiche o giornalisti."

"Non è per nulla diverso. Avete usato l'umorismo per cambiare argomento, per distrarmi dal fatto che ero arrabbiata per aver dovuto setacciare i casinò alla vostra ricerca."

Marco si staccò dal davanzale. "Ascolta, mi dispiace di–"

"Siete perdonato," disse la donna. "Quello che voglio dire è che voi possedete le competenze di base. Dovete abituarvi a usarle in un ambiente diverso. Più formale. Non potete essere aperto con Eliza Schipani o con un parlamentare come lo siete stato con i vostri amici o con me ieri, ma userete lo stesso approccio."

"Dunque, quando una persona come Eliza mi perseguita per ore per convincermi a tenere un discorso alla sua conferenza–"

"Voi accetterete con garbo."

"Non hai sentito una parola di quello che ho detto."

La bocca di Amanda si contorse in un sorriso sornione. "Certo che ho sentito. Mi avete detto che non amate gli eventi pubblici. È compito mio far sì che essi non vi creino disturbo."

"E se non volessi accettare un determinato invito, come quello di Eliza? Perché ho altri impegni, ad esempio." Come una settimana bianca.

"Allora ringraziatela e dite che avete altri impegni. *Se* ne avete davvero."

Marco camminò avanti e indietro per la stanza per un minuto, riflettendo sulle parole di Amanda. La sensazione che lei seguisse ogni suo movimento con lo sguardo lo irritava. "Dunque, come dovrei mettermi a mio agio in situazioni pubbliche? Senza rendermi ridicolo, intendo."

"Con l'esercizio. Esamineremo degli scenari, simuleremo ricevimenti e cose del genere. Vedrò come vi comportate e vi darò delle linee guida da usare nel mondo reale. Poi le metteremo in pratica in pubblico." L'esitazione di Marco doveva essere palese, perché lei proseguì: "Non temete. Comincerò con qualcosa di semplice, in un ambito che vi sia relativamente agevole. Ditemi, che cosa vi piace fare?" Un sorriso le illuminò il viso quando aggiunse: "A parte giocare d'azzardo."

Marco cominciò a fare la conta con le dita. "Sciare. Fare escursioni. Partecipare a regate. Trascorrere del tempo con i miei amici." Lasciò ricadere la mano lungo il fianco. "Fidati, non esiste evento pubblico che mi entusiasmi."

"Non è il periodo giusto per sciare." Marco riusciva quasi a vedere gli ingranaggi che giravano nella testa della donna. "Una regata è possibile. Sì. Il vostro ritorno alla vita pubblica di San Rimini avverrà in occasione di una regata."

Marco le lanciò un'occhiata scettica. "Se proprio devo. Dov'è la fregatura?"

"Beh, mi piacerebbe porvi in una situazione reale il prima possibile. Entro due settimane, se tutto andrà bene."

Marco soffocò l'ondata di orrore immediato che gli travolse il petto. "Ogni anno a San Rimini si tengono tre o quattro regate, ma la mia assistente non ha ricevuto alcun invito–"

"No, intendo che voglio che voi *organizziate* un evento in

meno di due settimane. Una regata potrebbe raccogliere parecchio denaro per una causa benefica. Un evento assolutamente appropriato per il patrocinio di un principe."

Le brillavano gli occhi, come se fosse incappata in un'idea brillante e avesse deciso di farla sua. Alzandosi dalla sedia, si recò alla scrivania, poi si voltò in modo da darvi le spalle e avere il bacino appoggiato alla superficie. Mise le mani su entrambi i lati, quindi tamburellò con le dita, come se non riuscisse a contenersi.

O Amanda era incredibilmente sicura delle sue capacità, oppure non comprendeva i limiti di quelle di Marco.

"Vuoi che io organizzi una regata di beneficenza in due settimane? Impossibile."

"Il mio lavoro consiste nel rendere meno gravoso il vostro ruolo di principe. Tale ruolo vi impone di patrocinare determinati eventi. Certo, potremmo cominciare con una cena di Stato se ce ne sono in–"

"No. Mai. No."

"Ed ecco perché quello che suggerisco – o qualcosa di simile – sarebbe più appropriato." Lo aveva messo all'angolo e, a giudicare dalla sua espressione sicura, lo sapeva benissimo. "È meno politico e di profilo più basso. Se commetterete un errore, potremo entrambi farne tesoro e procedere oltre, anche se io farò del mio meglio per assicurare che non vi siano errori."

"Credimi: quando guido un motoscafo, non ci sono–"

"Qui cominciano le note dolenti," lo interruppe Amanda. "Sarebbe impossibile organizzare il genere di regata che avete in mente in così poco tempo. Tanto per cominciare, ci sono questioni di sicurezza. E poi, dovremmo chiudere una parte consistente del porto di San Rimini e questo necessiterebbe di permessi. Persino radunare un numero sufficiente di partecipanti sarebbe difficile."

"Allora cosa proponete?"

"Beh, un paio di anni fa ho partecipato a una regata di paperelle a Washington–"

"Una regata di… paperelle?"

"Diciamo così. Credo che potremmo utilizzare lo stesso approccio."

Marco gemette e si ficcò le dita fra i capelli. Non voleva che lei approfondisse. La sola presenza della parola *paperella* gli avrebbe fatto fare la figura dell'idiota.

"Vostra Altezza–"

"Marco!" sbraitò lui. Scosse la testa, quindi attraversò la stanza per appoggiare il bacino sulla scrivania accanto a lei. Esalò il fiato, come ad ammettere che aveva esagerato, ma che non era contento della situazione.

"Principe Marco." La voce di Amanda era bassa e tranquillizzante. Allungò una mano nella breve distanza che li separava per coprire quella di Marco. Strinse per un attimo, quindi tolse la mano prima che lui potesse pensarci su. "Ricordate che siamo sulla stessa barca. La reputazione di entrambi è a rischio. Voi avete proposto un'alleanza, per cui dovrete fidarvi di me."

Marco si fidava di lei. Non era sicuro di fidarsi di se stesso, soprattutto se lei avesse continuato a dargli pacchette rassicuranti sulla mano e sul braccio.

Le lanciò un'occhiata di sbieco. "Paperelle?"

"Paperelle. Cominceremo oggi. Per il giorno dell'evento, sarete bravissimo."

Marco aveva forti dubbi. D'altra parte, non aveva scelta.

CAPITOLO 6

AMANDA CONCESSE alla sua mente di rilassarsi per la prima volta da più di due settimane mentre assorbiva la vista e i suoni dell'Adriatico dal pontile privato della famiglia reale.

Alle sue spalle, il pontile si estendeva fino a baciare la riva ai piedi dell'elegante Palazzo d'Avorio, una fortezza costruita con una locale pietra color avorio quasi cinquecento anni prima per proteggere l'ingresso del porto di San Rimini. Nei primi giorni del suo regno, re Eduardo aveva ristrutturato l'edificio per far sì che fungesse tanto da rimessa per barche quanto da luogo di intrattenimento sul mare. Con le ampie sale da banchetti al primo piano e una cucina e dei magazzini moderni al pianterreno, sul pelo dell'acqua, era il luogo più ovvio dove tenere l'evento di beneficienza di Marco.

Le delicate onde blu del porto lambivano a una distanza di sicurezza sotto le dita dei piedi di Amanda, incoraggiandola a guardare oltre la sua nuova pedicure e attraverso gli spazi fra le assi di legno del pontile. Pesci dai colori vivaci sfrecciavano da un pilone all'altro e un solitario ciuffo di alghe galleggiava con la marea.

"L'acqua è limpidissima, anche vicino alla spiaggia," esclamò meravigliata rivolta a Marco, in piedi accanto a lei. "È una giornata bellissima. Non avrei potuto chiedere di meglio."

Schermandosi gli occhi, Amanda guardò verso il mare e inalò una boccata di aria salmastra. Il sole batteva sulle sue spalle, scaldandola nel corpo e nello spirito. Lei e il principe Marco erano arrivati in anticipo per verificare che tutto fosse a posto e, dopo aver constatato che il personale aveva superato se stesso, avevano deciso di fare una rapida passeggiata sul pontile prima che gli invitati arrivassero per gli stuzzichini e i cocktail pre-gara.

Era ancora incomprensibilmente attratta da lui come quando si erano conosciuti, ma nel corso delle loro sessioni aveva badato a mantenere un atteggiamento professionale. La cosa era diventata più facile una volta che la rosa che lui aveva reciso in giardino era finalmente morta. Dopo che Marco l'aveva portata al loro primo incontro, lei se l'era portata in stanza e l'aveva messa nell'acqua.

Non doverla vedere sul comodino tutte le sere le impediva di ripensare ai loro momenti in giardino. O almeno di pensarci spesso.

"Speravo che piovesse," disse Marco, fingendosi scontento.

"A San Rimini? In questo periodo dell'anno? La vedo dura."

Il principe fece spallucce. "Probabilmente è meglio così. Non vorrei dover restituire le donazioni."

Amanda sorrise dentro di sé. Erano riusciti a organizzare l'evento di beneficenza in soli sedici giorni. Considerata la presenza del nome del principe Marco in veste di organizzatore sugli inviti – una prima volta che aveva fatto sì che le risposte giungessero alla sua assistente poche ore dopo che gli inviti avevano lasciato il palazzo – era sicuro che egli avrebbe raccolto parecchio denaro per il Consiglio del Cancro di San Rimini. Nonostante il brontolare, Amanda sapeva che Marco non si preoccupava del successo finanziario dell'evento.

Aveva bisogno che fosse un successo personale.

Amanda distolse lo sguardo dal mare pittoresco per posarlo su di lui. Sebbene avesse trascorso due lunghe settimane a cercare di ignorare il suo evidente sex appeal, costringendosi a mantenere una certa distanza in ogni momento, la sola presenza dell'uomo le mozzava comunque il fiato.

I paparazzi, radunati a un tiro di sasso lungo la strada costiera che portava al Palazzo d'Avorio, non avrebbero notato nulla di inusuale in Marco mentre fissavano attraverso i teleobiettivi. Una polo bianca sfiorava le ampie spalle del principe, a sottolineare i muscoli del petto. Pantaloni beige leggeri e immacolati sottolineavano i suoi fianchi snelli da sciatore e le sue gambe atletiche, e i suoi occhiali da sole di marca sembravano scelti per mettere in mostra i suoi lineamenti nel miglior modo possibile. Con la sua postura rilassata e il mezzo sorriso che gli tirava le labbra piene, aveva esattamente l'aspetto che ci si aspettava da lui: quello di un giovane reale sicuro di sé e pronto a dare il via a un informale evento di beneficenza.

Tuttavia, Amanda sospettava che, dietro l'apparenza tirata a lucido, Marco provasse un nervosismo tale da rivaleggiare con quello di una studentessa delle superiori che aspettava il ragazzo che doveva portarla al ballo… quindici minuti dopo l'orario concordato.

"Ve la caverete benissimo, principe Marco." Anche se l'uomo non aveva più menzionato il suo odio nei confronti dei raduni pubblici dal primo giorno che avevano trascorso insieme, lei avvertiva la necessità di rassicurarlo. Marco poteva farcela. Lei lo sapeva. Aveva mantenuto la parola, presentandosi puntuale a tutte le loro sessioni. Pur avendo protestato di fronte a diversi degli esercizi, li aveva portati tutti a compimento. Si erano esercitati nelle conversazioni spinose, assumendo ciascuno il ruolo del principe, mentre l'altra persona fingeva di essere un giornalista, un ospite di palazzo, un parlamentare o persino un bambino per strada durante un incontro.

"Sono tutti scenari in cui è probabile che voi veniate a

trovarvi," gli aveva ricordato Amanda. "Negli anni a venire parteciperete a una varietà di eventi: visiterete ospedali e scuole, e parteciperete a cene in società dove la gente si interessa seriamente a quale forchetta usate. Più vi eserciterete e più facile diventerà affrontare ciascuna situazione." Gli aveva inoltre linkato una dozzina di siti che fornivano informazioni di attualità e gli aveva chiesto di leggere quelle con cui non aveva familiarità. "Non vi interrogherò," gli aveva detto. "Ma è un bene avere una conoscenza di base su quello che succede nel mondo, in modo che possiate parlare con sicurezza. Anche una conoscenza generica vi basterà a rispondere a chi parla e a chiedere il suo parere."

"Spostando su quella persona il peso della conversazione," aveva detto Marco. "Rendendo facile evitare che io faccia mia una determinata posizione opinione politica."

"Esatto."

Amanda sperava che, giunto ormai il momento del primo evento, le lezioni avessero messo radici.

"Lo so, lo so. Continui a dirmi che sono pronto," disse Marco, per poi scimmiottare la voce di Amanda. "Fidatevi di me!"

Amanda sorrise all'imitazione. "Non sarà brutto come immaginate. Rispetto alle cene di Stato che il principe Antony e vostro padre organizzano regolarmente, oggi pomeriggio sarà un gioco da ragazzi."

"Immagino di doverne essere grato." L'uomo cambiò posizione mentre guardava il mare. "Dubito che le conversazioni rimarranno concentrate sulla gara. Attorno a me, quantomeno. La maggior parte di coloro che hanno accettato l'invito sono interessati solo a due cose: portare avanti la loro agenda politica personale e raccogliere quanti più pettegolezzi reali possibili in modo da avere qualcosa di cui chiacchierare alla prossima festa."

Marco lanciò un crostino che aveva preso da uno dei vassoi a un gabbiano vicino. Mentre l'uccello calava in picchiata per afferrare la leccornia, Marco aggiunse: "Farò del mio meglio, ma sono sicuro che commetterò degli errori prima della fine del pomeriggio. Mi succede sempre in occasione di questi eventi."

"Oggi è un nuovo inizio. Pensate a come ve la siete cavata bene ieri. Ho cercato di mettervi all'angolo su diversi argomenti e siete stato meraviglioso."

"Era solo un gioco."

"Ma molto simile alla realtà. Ciononostante, cercherò di restare nel vostro campo visivo. Se avete bisogno che io vi cavi da una situazione difficile, infilate una mano nella tasca anteriore."

Il principe guardò il gabbiano virare verso la folla a riva, avendo apparentemente deciso che Marco non aveva altro da offrirgli. "Una mano in tasca. Giusto. Anche se riuscirai a inserirti cordialmente nella discussione, dubito che sarai in grado di impedire a un parlamentare interessato di ficcare il naso negli affari personali della mia famiglia. O di pescare informazioni riguardo all'imminente accordo economico con la Grecia. Il ministro greco arriverà domani e molti vogliono conoscere i dettagli prima che siano finalizzati e annunciati al pubblico." Marco fece una smorfia. "Nulla impedisce agli individui più determinati di torchiarmi, anche quando si tratta di un argomento di cui non so nulla. Forse soprattutto in quei casi. Credo che dimostrare di saperne più di me li entusiasmi."

"Può darsi, ma non dimenticate mai che siete un principe. Se quella gente sa il fatto suo, vi seguirà."

Marco imitò la sua voce. "Se la conversazione è diretta in una direzione che vi mette a disagio, provate a cambiare argomento. Tenete sempre presenti almeno due argomenti di conversazione sicuri."

Amanda lo ammonì alzando un dito. "Ma evitate di parlare del tempo. Non c'è niente di più noioso."

"Parla la donna che mi stava dicendo quanto è bella la giornata."

"Ehi–"

"Stavo scherzando." Marco si tolse gli occhiali, controllò le lenti e se le sfregò contro la camicia per rimuovere un granello di polvere, un insolito segno di attenzione maniacale che lasciò trapelare la sua inquietudine. "Ma parlando seriamente: e se cambiare argomento non funzionasse?"

"Se si tratta di una faccenda politica, indirizzate l'interlocutore verso vostro padre. Se vi pressano per un evento sociale, guadagnate tempo dicendo che dovette consultarvi con la vostra assistente. E se qualcuno non dovesse cogliere l'antifona, potete sempre fare il finto tonto."

Marco si rimise gli occhiali ora puliti. "Non posso. Il mio ego non reggerebbe."

"Tacete per qualche secondo, allora. Fate sì che *l'altro* si senta a disagio. Se sarete costretto ad arrivare a tanto, la colpa sarà sua, non vostra. Sarà lui la persona che ha spinto la conversazione troppo in là. Poi, cercate di nuovo di cambiare argomento."

Il principe fece una smorfia e Amanda capì che stava passando in rassegna tutte le varie possibilità nella sua mente.

"Un ultimo consiglio?"

"Immagino che me lo dirai comunque, che io voglia o no."

"Non fate smorfie come quella." Amanda inclinò la testa. "I paparazzi sono laggiù che vi fotografano. Lo sguardo che mi avete appena lanciato potrebbe finire sulla copertina di una rivista. O quantomeno su un sito di pettegolezzi."

Marco sorrise apertamente per la prima volta da quando erano arrivati, quasi mezz'ora prima, regalandole un balenare di denti bianchi. "Devi ammettere che non sarebbe la copertura mediatica peggiore che io abbia mai ricevuto."

"Per oggi faremo sì che sia positiva. Fa bene a voi e fa bene alla causa." Amanda controllò l'ora. "È ora di andare. I primi ospiti arriveranno a momenti."

Marco abbassò la voce e fece il verso di una campana che batteva a morto.

Non fosse stato per il titolo dell'uomo e per le macchine fotografiche, lei gli avrebbe dato un pugno sul braccio. "Cosa avevo detto? Ottimismo."

Marco si inchinò all'altezza della vita, facendole cenno di precederlo. "Dopo di voi, mia signora."

"Lasciate perdere il finto tonto. Fate così."

"Così come?"

"Usate il vostro fascino spontaneo."

Marco si raddrizzò, la risata sommessa appena udibile al di sopra del grido di un gabbiano vicino e del rumore delle onde contro il pontile.

"Incantevole. Quello sì che mi è sempre riuscito bene."

***

MARCO TEMEVA che la sua spina dorsale avrebbe ceduto a momenti. Una giornata trascorsa a sciare sulle gobbe? Faticoso, ma nessun problema. Un lungo fine settimana di escursioni in Svizzera? Robetta. Ma quanto a lungo poteva un uomo mantenere una postura perfetta, comportandosi come se avesse un tondino infilato dal bacino al cranio? Oltre a sorridere come un imbecille mentre un flusso interminabile di milionari, funzionari governativi e celebrità lo metteva all'angolo per chiacchierare di argomenti idioti.

Marco angolò la testa e fece del proprio meglio per fingere interesse mentre la canuta donna di mondo di fronte a lui continuava a blaterare dell'ultima esibizione di rose della Società Botanica Sanriminese. Marco amava le rose e avrebbe potuto ascoltare per tutto il giorno un esperto che parlava di orticoltura, ma le lamentele di quella donna riguardo alla presentazione degli esemplari gli facevano venire il latte alle ginocchia. Pregò di non sembrare annoiato quanto si sentiva.

Non aveva idea del perché suo padre ritenesse importante che lui facesse cose del genere, quando Antony, Federico e Isabella non solo vi eccellevano, ma sembravano anche trovarle piacevoli. Di certo, lui avrebbe potuto contribuire in altro modo alla famiglia.

Come con la regata. Certo, se fosse stata una *vera* regata…

Tentato di massaggiarsi il collo dolorante, optò invece per tenersi le mani occupate con un bicchiere di champagne prelevato dal vassoio di un cameriere di passaggio. Sorseggiò lentamente la bevanda mentre ascoltava il chiacchiericcio della donna di fronte a lui e scrutava con discrezione la stanza alla ricerca di Amanda.

Inizialmente, si era opposto a trascorrere del tempo con lei, sicuro che i suoi consigli fossero inutili, ma doveva ammettere che gli insegnamenti della donna avevano reso sopportabile il pomeriggio. Due volte aveva schivato domande riguardo all'imminente accordo economico e lo aveva fatto senza sentirsi in imbarazzo o senza sembrare che volesse evitare l'argomento. E grazie all'idea della regata avuta da Amanda, avrebbe potuto trascorrere la maggior parte del pomeriggio all'aperto, invece che intrappolato in un angolo ad ascoltare gente come la Giardiniera.

Due punti ad Amanda Hutton.

Dopo che la Giardiniera si fu congedata, Marco fece un lento giro della sala da banchetti – complimentandosi con una lontana cugina per la nuova acconciatura, per poi congratularsi con uno dei tennisti professionisti di San Rimini per essersi qualificato alle semifinali del French Open dell'anno prima – il tutto continuando a cercare Amanda. La donna aveva promesso di tenersi in vista, no?

Nelle ultime due settimane, Marco aveva cercato di mantenere con lei una distanza di sicurezza, frapponendo fra di loro la scrivania o un tavolino quando possibile. Tenendosi abbastanza lontano da evitare di sfiorarla accidentalmente o di inalare il profumo del suo shampoo. C'era voluta tutta la sua forza di volontà per resistere all'impulso di allungarsi verso di lei, di scoprire se avrebbe ricambiato il bacio nel caso lui ne chiedesse un altro.

Ovviamente, ora che Marco aveva davvero bisogno di lei, la donna non si vedeva da nessuna parte.

Finalmente, lui la notò in piedi accanto a una delle finestre a parete, che seguiva con lo sguardo un paio di motoscafi che saltellavano sulle onde del porto di San Rimini. Con l'accurata coda di cavallo che penzolava ordinata lungo la schiena e un paio di occhiali da sole eleganti, ma economici appoggiati sopra la testa, sembrava pronta a trascorrere una giornata sull'acqua.

Marco sorrise fra sé mentre la guardava osservare le barche, considerando l'assurdità dell'evento da lei proposto. Quando quello sarebbe finito, avrebbe dovuto offrirle una vera regata. Una che le avrebbe fatto battere forte il cuore e che le avrebbe bagnato il viso di acqua marina.

Si incamminò verso di lei, chiacchierando il più succintamente possibile con gli invitati sulla sua strada. Si soffermò a prendere un bicchiere di champagne per Amanda, ma si immobilizzò quando il visconte Renati, un caro amico di Antony, mostrò di aver avuto la stessa idea. Il giovane visconte avvicinò Amanda con due flûte di champagne, offrendogliene una quando lei sollevò lo sguardo. A quanto pareva, Amanda lo stava aspettando, perché accettò il bicchiere senza esitazione e cominciò a chiacchierare come se loro due fossero vecchi amici.

"Angelo Renati." Marco si rotolò il nome sulla lingua, quindi guardò il visconte togliere un pelucco invisibile dalla manica del vestito blu navy di Amanda.

Nonostante fosse amico intimo del rispettabilissimo e sposatissimo Antony, Angelo coltivava la sua reputazione di scapolo più sexy del Paese – titolo che gli era stato due volte conferito dal *San Rimini Today*. Considerata quella pubblicità, unita al suo aspetto da divo del cinema e alla sua posizione di importante dirigente della Banca Nazionale di San Rimini, Angelo aveva sempre al suo fianco la biondina stupida del momento. E a differenza di Antony e Marco, Angelo non sembrano mai infastidito quando le donne lo seguivano lungo la Strada il Teatro cercando di passargli il numero di telefono. O peggio ancora, le mutande. Il visconte si crogiolava nell'attenzione femminile e, in qualche modo, riusciva a farlo senza fare la figura del donnaiolo.

E tuttavia, in quel momento, il garbato visconte sembrava avere occhi solo per l'intelligentissima e morissima Amanda, una donna che non avrebbe mai infilato l'intimo nella tasca posteriore di un uomo per attirare il suo interesse.

Marco diede un'occhiata all'orologio, controllando quanto tempo rimanesse prima che lui potesse annunciare che gli invitati dovevano spostarsi sul pontile per l'inizio della gara.

Accidenti. Ancora diversi minuti.

Un'ondata di gelosia lo travolse e lui lottò per contenerla. Non poteva accampare diritti su Amanda, né lo voleva. Anzi, sarebbe stato meglio se lei avesse trovato qualcun altro da frequentare mentre loro ancora lavoravano insieme, anche se quella persona era Angelo Renati.

Il visconte non era cattivo. Semplicemente, non era il genere d'uomo che chiunque avrebbe scelto, ad esempio, per la sorella, dato che non restava mai a lungo con la stessa donna. E tuttavia, se c'era una persona in grado di cavarsela con Angelo, quella era Amanda.

Un amico di Federico lo avvicinò per fargli alcune domande sulla logistica della regata. Marco rispose al meglio delle sue possibilità, dicendosi che aveva bisogno di una distrazione da Amanda. Ma quando Angelo indicò uno yacht che scivolava oltre il palazzo, appoggiando una mano sulla spalla di Amanda quando le si voltò a guardare, Marco si scusò cortesemente, incapace di trattenersi dall'interrompere la coppia.

"Angelo." Si avvicinò alla vetrata, sicuro che il suo sorriso sembrasse falso quanto era. "Mi dispiace che non abbiamo avuto ancora l'occasione di parlare. Come state?"

Il visconte Renati mollò la presa sulla spalla di Amanda e rivolse a Marco un rispettoso cenno del capo. "Vostra Altezza, è un piacere vedervi." Parlava un inglese fluente, ma accentato. "Stavo dicendo ad Amanda quanto è meraviglioso e inusuale che voi abbiate organizzato un evento così spettacolare. Avete orchestrato un ottimo modo per raccogliere fondi. Mi sto divertendo immensamente e non ho dovuto nemmeno indossare la cravatta."

Angelo ammiccò ad Amanda e aggiunse in tono complice: "Suo fratello, il principe Antony, insiste a organizzare eventi di beneficenza in cui è necessario un abbigliamento formale. Una festa rilassata come questa riflette meglio la personalità di Marco."

"Lo prendo come un complimento," disse Marco. "Anche se non l'ho progettata da solo."

"Me lo stavo appunto chiedendo." L'accento italiano del visconte si accentuò mentre aggiungeva: "Amanda mi ha detto di aver accettato un incarico a palazzo."

Marco lanciò un'occhiata alla donna. Quanto aveva rivelato Amanda? Nelle loro due settimane di lezioni, non avevano mai discusso di come rispondere a domande riguardo alla natura del lavoro di lei. Marco sperava che la donna capisse che lui non voleva che la situazione diventasse di pubblico dominio. Le sue personali riserve riguardo al suo ruolo reale dovevano restare così com'erano. Personali.

"Esatto. Siamo fortunati ad averla," rispose infine Marco, cercando di decifrare l'espressione perplessa di Angelo. Ripensando al consiglio di Amanda riguardo al cambiare l'argomento di una conversazione, lanciò un'occhiata all'orologio sulla parete lontana. "È quasi ora che io annunci l'inizio della gara."

"Amanda non ha avuto l'occasione di spiegarmi la natura dei suoi doveri. Solo che è impiegata al palazzo."

La trepidazione si avvolse nelle viscere di Marco mentre lo sguardo di Angelo vagava su Amanda. Il visconte sorrise e inarcò un sopracciglio, anche se i suoi occhi non lasciarono Amanda. "Che cosa può mai fare una bella americana per voi, principe Marco? Sono molto ansioso di saperlo."

Marco si spremette le meningi in cerca di una risposta appropriata, ma non riusciva a concentrarsi, non con Angelo che guardava Amanda come se fosse un pregiato Chianti pronto a essere degustato.

Per fortuna, Amanda sembrava ignara della palese ammirazione dell'uomo. Si strinse nelle spalle e disse: "Ora che il servizio militare del principe si è concluso, la sua attenzione si è spostata su questioni interne a San Rimini. Come nel caso dei suoi germani, egli manterrà del personale che lo assista nei suoi doveri reali, comprese queste opere di beneficenza."

La donna porse la flûte di champagne mezza vuota a un cameriere in smoking, quindi sorrise ad Angelo. "Grazie per esservi preso il tempo di indicarmi le cose più interessanti da vedere, ma temo che il dovere mi chiami. Sono certa che ci vedremo di fuori."

Angelo aprì la bocca come se volesse porre un'altra domanda, ma Amanda gli voltò le spalle, troncando di fatto la conversazione con il visconte. Gesticolando a Marco per indicare il palco della sala da banchetti, disse: "Vostra Altezza, dovreste invitare i vostri ospiti a spostarsi all'esterno, in modo che possiate spiegare le regole della regata di oggi. Io sentirò il personale del palazzo per assicurarmi che tutto sia pronto sul pontile."

"Grazie," disse Marco, badando a mantenere formale il tono della voce nella speranza che Angelo non insistesse. Non riuscì a non ammirare Amanda. Era riuscita a rispondere alla domanda di Angelo senza rivelare nulla di personale e al tempo stesso aveva fatto fare a Marco la figura del principe responsabile.

Amanda strinse la mano al visconte Renati e disse un rapido "È stato un piacere conoscervi," ma prima che potesse allontanarsi, lui si portò la sua mano alle labbra.

"Attenderò con ansia il nostro prossimo incontro."

Marco soppresse un'altra esplosione di gelosia mentre immaginava i baci che aveva dato a quella stessa mano nel giardino delle rose.

Per quanto Angelo gli stesse simpatico, non meritava di baciare la mano di Amanda. Non con l'intento che Marco sospettava.

"Voi state pescando nell'oceano sbagliato," lo rimproverò a bassa voce Marco una volta che Amanda si fu allontanata a sufficienza. "Amanda Hutton non è il vostro tipo. E poi, mi sembrava che foste riuscito a pescare Bianca Caratelli."

"Beh, se vogliamo metterla sul personale, Marco... Per il momento, avete ragione. Ma ciò non significa che non posso continuare a sondare le acque in cerca di qualcosa di meglio." Gli angoli della bocca del visconte si arricciarono. "A meno che voi non mi stiate mettendo in guardia. Non mi avete detto perché l'avete assunta."

Marco se l'era cercata. "Credo che lei abbia spiegato piuttosto bene il proprio ruolo."

"Non saprei. Non mi è sembrato."

Marco fece una risata nasale. "Ho mai frequentato un membro del personale, Angelo?"

"Per quanto ne so, non avete mai avuto un personale." Il sorriso del visconte si allargò. "Solo una vegliarda assistente che, se non ricordo male, è stata assunta da vostro padre. Ora, se voi frequentate lei, dovremmo discutere di–"

"Ho un personale, ora." Accidenti ad Angelo perché era uno dei migliori amici di Antony e poteva permettersi frecciate di carattere personale. E accidenti a lui per aver colpito così vicino al bersaglio.

Marco rivolse la propria attenzione al palcoscenico, ansioso di allontanarsi da Angelo prima che questi facesse altre domande. Se il visconte avesse sospettato che Marco provasse sentimenti non professionali per Amanda, non avrebbe diffuso pettegolezzi. Era troppo onorevole, troppo rispettoso nei confronti della famiglia reale. Ma se Angelo si fosse lasciato sfuggire qualcosa con Bianca Caratelli, la sua presunta ragazza, lei non si sarebbe fatta remore. L'intera società sanriminese sapeva bene che i tabloid ottenevano parecchie delle loro informazioni esclusive da lei.

Marco diede una rapida pacca sulla spalla ad Angelo. "Se volete scusarmi, devo dirigere i miei ospiti verso l'esterno."

"Naturalmente." Il visconte sistemò un polsino della camicia grigia, che Marco sapeva essere stata confezionata su misura da una costosa sartoria fiorentina, nonostante il taglio sportivo. "Sono molto ansioso di cominciare la gara di oggi. Ho cinque biglietti."

Marco cercò di non mostrare sorpresa mentre ringraziava il visconte, sapendo quanto egli doveva aver donato per avere tutti quei biglietti. "Il Consiglio del Cancro vi sarà grato per il vostro sostegno. *Buona fortuna.*[1]"

"Anche a voi. Non vedo l'ora di vedere se anche questa giornata sarà un successo."

Marco sfoderò un sorriso colmo di sicurezza, come per dire che il suo successo non era in dubbio, ma la sua mente rispose silenziosamente ad Angelo: *Non siete il solo.*

"Finora è stato un grande successo." La voce di Amanda lo raggiunse alle spalle mentre Marco stava per rivolgersi alla folla radunata lungo il pontile per l'inizio della gara. "Sembra che tutti si stiano divertendo. E..."

Marco si voltò per vedere Amanda che gli faceva penzolare un foglio di carta di fronte agli occhi.

"Che cos'è?"

"Il totale. Abbiamo appena fatto la somma delle donazioni. Potrebbe esservi utile per la presentazione."

Marco prese il foglio e lo rilesse due volte quando vide la cifra scribacchiata su di esso. "Così tanto? Sei sicura?" Quando Amanda annuì, disse: "Il Consiglio del Cancro sarà entusiasta."

Perdiana, *lui* era entusiasta. Il pensiero che qualcosa che lui aveva fatto, a parte una serata al tavolo di blackjack, poteva fruttare tanto denaro per una buona causa, lo colmava della poco familiare sensazione di un lavoro ben fatto. Poi gli venne in mente un altro pensiero. "A quante barche corrisponde?"

"Poco più di cinquecento."

Marco doveva aver dato mostra del suo stupore, perché Amanda gli mise una mano sul braccio. Con discrezione, ma stringendo abbastanza forte da rassicurarlo. "Più barche ci saranno, migliore sarà la figura, tanto di fronte ai vostri ospiti quanto sui social media o in televisione."

Marco trascinò via la sua mente dal fatto che quella era la prima volta in cui lei lo toccava dal primo giorno in biblioteca, quando gli aveva messo la mano sopra la sua sulla scrivania e gli aveva chiesto di fidarsi.

Marco lanciò un'occhiata all'acqua. "Non saranno troppe?"

"Ho chiesto al personale del palazzo di fare una prova con settecento, martedì, e non ci sono stati problemi. Sarà uno spettacolo memorabile per tutti."

Marco cercò di non mostrarsi dubbioso. "Memorabile" poteva essere bene o male.

Messo da parte quel pensiero, prese con sé il foglio di carta mentre si arrampicava in cima a un grosso pilone all'estremità del pontile. "Cominciamo."

"Ehi, è pericoloso! Si suppone che stiate in fondo al pontile, non in equilibrio su un palo di legno."

Lui le lanciò un'occhiata che diceva che non aveva intenzione di scendere.

"Farete meglio a non cadere," bisbigliò Amanda. Il sorriso professionale rimase al suo posto, ma i suoi occhi mostravano ansia di fronte alla sua scelta di assumere una posizione tanto precaria.

"Quello sì che sarebbe memorabile," le disse Marco mentre la folla lo notava e cominciava a zittirsi. Per un breve istante, lui pensò che cadere avrebbe potuto essere preferibile al parlare di fronte a una folla così grande.

Invece, Marco si lanciò, sollevando il foglio e alzando la voce in modo che il gruppo assembrato sul pontile potesse sentirlo. "Mi hanno consegnato un messaggio molto importante. Ora che abbiamo conteggiato tutti i versamenti, posso confermare che – grazie a voi tutti – l'evento di oggi ha doppiato il nostro obiettivo di raccolta fondi per il Consiglio del Cancro di San Rimini."

Alle sue parole, la folla applaudì furiosamente e si udì persino qualche fischio. Quando tornò il silenzio, Marco parlò per qualche minuto del Consiglio, della sua missione e dei suoi successi e concluse ricordando al pubblico la somma raccolta tramite l'evento. "Come potete immaginare, una cifra così abbondante contribuirà molto a finanziare la ricerca sul cancro. Vi ringrazio tutti per essere venuti e per aver contribuito così generosamente. Sono orgoglioso di avervi fra i miei amici."

Era una piccola esagerazione. Quelli non erano amici, ma membri della cerchia con cui lui era stato costretto a socializzare fin dalla nascita. Ma mentre loro continuavano ad acclamarlo, Marco si rese conto che, per quanto detestasse le folle e per quanto odiasse parlare in pubblico, vedere i suoi compaesani aprire i cuori e i portafogli per aiutare gli altri gli dava un senso di soddisfazione.

In quel momento capì, almeno in parte, perché i suoi germani amassero tanto il loro ruolo pubblico.

Si lasciò trascinare da quella sensazione positiva mentre spostava l'attenzione degli invitati sulla gara imminente.

"Naturalmente, sapete che oltre ad aiutare il Consiglio del

Cancro di San Rimini, la vostra generosità è valsa a ciascuno di voi" – si allungò ad afferrare il piccolo oggetto di gomma bianca che Amanda aveva pronto per lui, quindi lo sollevò – "un natante da corsa del più alto livello!"

Da dove gli era uscito? Marco aveva memorizzato con precisione quello che avrebbe detto e ciò non era compreso.

Le risate riecheggiarono sul pontile. Non risate false, di circostanza. Risate schiette e goduriose. Marco lanciò un'occhiata ad Amanda, la cui espressione era a metà fra l'allegro e il ve-l'avevo-detto.

Il tondino che si era immaginato di aver infilato nella schiena durante l'ora del cocktail svanì mentre prendeva atto dei sorrisi genuini dei suoi ospiti e inalava l'aria fresca dell'Adriatico. L'adrenalina gli pompava nel corpo, quasi come se fosse coinvolto in una regata competitiva a rotta di collo fra le onde.

Forse sarebbe riuscito a divertirsi. A essere se stesso e a vedere come sarebbero andate le cose, proprio come Amanda lo aveva incoraggiato a fare diverse volte durante il loro gioco di ruolo.

Proseguì: "Diverse centinaia di questi capolavori di ingegneria marittima–"

Un altro scoppio di risa.

"–si trovano in grandi scatoloni posti accanto a me, all'estremità del pontile. Al momento della donazione, avete ricevuto ciascuno un tagliando che vi dava diritto alla paperella – voglio dire, alla barca – di vostra scelta. Scegliete con cura, perché il vostro scopo è selezionare la barca che ritenete avere le maggiori probabilità di vincere."

"Qualche consiglio per i neofiti?" esclamò una voce proveniente dalla folla. Sembrava quella di Angelo, ma Marco non era sicuro.

Sorrise e voltò la barchetta che aveva in mano per mostrarne lo scafo. "Beh, potete osservare le aggraziate linee di questo veicolo piccolo, ma robusto" – strizzò gli occhi per leggere le scritte minuscole – "realizzato in Taiwan con la gomma migliore. Cercate qualcosa che scivoli agilmente lungo il percorso, come fareste se steste selezionando una barca per i fratelli Bellonini," disse, riferendosi ai piloti più famosi del Paese.

Mentre la gente radunata sotto di lui spostava lo sguardo sulle scatole, Marco notò che molti di loro avevano più di un biglietto fra le mani. Palesemente, erano devoti quanto lui alla causa della lotta contro il cancro. Si schiarì la voce e aggiunse: "Se la vostra donazione è stata fatta in onore di una persona cara, vi incoraggio a scrivere il nome di quella persona sulla fiancata della vostra barca. Ci sono dei pennarelli vicino agli scatoloni. Forse, negli anni a venire, meno persone al mondo si ritroveranno con una diagnosi di cancro e coloro che già ce l'hanno avranno una prognosi migliore."

Una serie di acclamazioni, questa volta cariche di emozione, si levò dalla folla.

"Un'ultima cosa," Marco indicò il fondo della sua barca, "molto importante. Qualunque natante scegliate, segnatevi il codice a barre sul fondo. Quello è il numero di partecipazione della vostra barca. Prima di metterla in acqua," indicò un grosso bidone all'inizio del percorso, proprio alle sue spalle, "assicuratevi di inserire il vostro nome e numero di partecipazione nel registro. Altrimenti, niente premio."

Un basso *oooh* rispose alla sua affermazione.

"Come sapete," proseguì Marco, "il primo premio è una settimana nella baita privata della mia famiglia in Tirolo all'apice della stagione sciistica, compresi chef personale, pulizie e accesso ad attrezzatura in affitto nel caso ne abbiate bisogno." Gli applausi si diffusero sul pontile. Marco non aveva avuto la certezza di riuscire a convincere suo padre a cedere la baita per una settimana a qualcuno che non facesse parte della famiglia reale, dato che ciò non era mai accaduto. Tuttavia, Marco sapeva che un premio tanto straordinario avrebbe attratto numerosi iscrizioni e suo padre non aveva mai rifiutato un'opportunità di aiutare il Consiglio del Cancro di San Rimini.

Marco aggiunse: "Ora, dato che sapete che sono l'ultima persona a San Rimini che possa dare lezioni sulle regole," un'ondata di commenti scherzosi giunse dalla folla, "diamoci una mossa. Scegliete la vostra barca, registrate il codice e piazzatela alla partenza, così potremo cominciare!"

Fra esultazioni e urla, gli invitati si diressero in massa verso le scatole con le barchette. Marco si permise finalmente di esalare il fiato. La parte peggiore della giornata, o almeno quella che lui aveva temuto sarebbe stata la peggiore, era finita. E senza un singolo passo falso.

Mentre voltava le spalle alla folla per saltare giù dal palo, due ospiti lo sfiorarono mentre si recavano a scegliere le barchette. Marco avvertì a malapena l'impatto sul fianco, ma esso bastò a far sì che il suo piede inciampasse nel bordo irregolare. Marco ruotò su se stesso, perse l'equilibrio e le onde blu e il legno segnato dal tempo del pontile si inclinarono di fronte a lui mentre l'istinto lo costringeva a muovere le braccia in un disperato tentativo di ritrovare l'equilibrio.

No, non può essere vero.

Stava per rovinare l'intero pomeriggio precipitando di testa nelle acque del porto di San Rimini.

CAPITOLO 7

"Marco!" Amanda guardò con orrore due ospiti urtare il principe nell'istante in cui Marco tolse il piede dal palo di legno per saltare giù. D'istinto, si protese verso il suo braccio, afferrandogli il polso proprio quando lui riuscì a recuperare l'equilibrio quanto bastava per saltare verso il pontile invece che fare un tuffo imbarazzante.

Le assi vibrarono vicino ai suoi piedi quando lei atterrò, ma l'uomo si raddrizzò in fretta, dando l'impressione che lo sfiorato disastro fosse stato intenzionale. Amanda trasse un sospiro di sollievo e mollò la presa.

"Ma che sorpresa. Finalmente mi dai del tu." Il principe inarcò un sopracciglio e si lisciò la Polo, ostentando innocenza. "Qualcosa non va, signorina Hutton?"

"È stato un lapsus e voi sapete benissimo cosa non va," sibilò lei, senza però riuscire a trattenersi dall'aggiungere: "Vi avevo detto specificamente di non cadere."

"Dici che sono caduto?" Il principe passò lo sguardo sul pontile, vantando il fatto che nessuno degli invitati, ora impegnati a discutere i meriti delle varie barchette di gomma, sembrava aver notato il suo passo falso. "E poi, ogni tanto bisogna correre dei rischi. Da lassù, era più facile avere l'attenzione di tutti. Tu non corri mai dei rischi?"

"Mai. Sapevo che sarebbe stato difficile mantenere l'equilibrio lassù." Il tono della donna era di rimprovero, ma lei lasciò che il buonumore trapelasse nella sua espressione. "Siete stato fortunato, Vostra Altezza."

"Beh, in tal caso…" Marco le mise una mano sulla spalla in un gesto che le parve fin troppo personale e fin troppo piacevole. "Speriamo che la fortuna si estenda anche alla gara."

Amanda cercò di ignorare il modo in cui la mano dell'uomo le scaldava la pelle attraverso il tessuto del vestito. "Purché voi non vi tuffiate, andrà tutto bene. Siete riuscito a gestire la parte più difficile, fra l'ora del cocktail e la presentazione."

"Non è quello che intendevo. Stavo parlando della gara. Voglio vincerla."

Amanda inarcò le sopracciglia. "Voi non potevate partecipare."

"No, ma tu non hai alcun legame ufficiale con la gara, per cui nulla te lo impedisce. Ho acquistato due biglietti a nome tuo." Il principe si allungò verso la base del pilone e prese la scatoletta marrone che lei non aveva notato prima. Sollevò il coperchio a rivelare due barchette di gomma identiche a quelle negli scatoloni dentro cui stavano ora frugando gli ospiti.

Amanda aprì la bocca per protestare, ma lui la zittì scuotendo la testa. "Ehi, dopo avermi sopportato nelle ultime due settimane, ti meriti una vacanza in una baita di lusso. Anche se non vincerai, so che vorresti mostrare il tuo sostegno al Consiglio del Cancro. Queste due iscrizioni sono state fatte in onore di tua madre e di tua zia."

Un groppo di emozione le riempì la gola mentre prendeva le due barchette dalla scatola. Una aveva il nome di sua madre scritto su un lato, l'altra riportava quello di sua zia. Come faceva Marco a saperlo? Poi Amanda incrociò il suo sguardo e capì. "Ve l'ha detto vostro padre."

Lui annuì. Le mise ancora una volta la mano sulla spalla mentre spiegava: "Ma non per invadere la tua intimità. Quando sono uscito dalla biblioteca dopo la terza o quarta sessione, ho incrociato mio padre. Voleva sapere come procedesse la situazione. Io gli ho detto che non ero sicuro ed è stato allora che me lo ha rivelato. Voleva che io sapessi che tu potevi capirmi – e capire ciò che ho passato abituandomi alla vita a palazzo dopo la scomparsa di mia madre – più di quanto credessi." Marco si strinse nelle spalle. "Aveva ragione. Considerato che la raccolta fondi è dedicata al Consiglio del Cancro, beh, mi sembrava un ringraziamento appropriato."

Amanda desiderava baciarlo con tutta se stessa, passargli una mano dietro la nuca e attirargli il viso verso di lei. Farsi perdonare per averlo abbandonato in giardino la sera del matrimonio, quando aveva percepito che lui aveva bisogno di lei. E ringraziarlo per essere così dolce, anche se l'ultima qualità che Marco diTalora avrebbe voluto vedersi attribuire era la dolcezza.

Marco doveva aver percepito l'intensificarsi delle sue emozioni, perché lasciò ricadere la mano dalla sua spalla e si affrettò ad aggiungere: "Credo sia per questo che mio padre ha assunto te, invece di ordinare a un qualche pallone gonfiato di insegnarmi il modo corretto di rivolgermi ai ministri. Si è reso conto che tu avresti capito me e il mio modo di pensare. Per non parlare della tua abbondanza di esperienza nell'insegnamento agli adulti, naturalmente."

Quelle parole ruppero l'incantesimo e Amanda rise. L'idea di Marco chiuso in una stanza che ascoltava una noiosa lezione sulle forme di cortesia era ridicola. "State cercando di adularmi. Non crediate che questo vi eviterà altre lezioni."

"Chi, io? Non mi intorto mai l'insegnante." Marco accennò con il capo agli invitati. "Oggi pomeriggio non è stato perfetto. Mi sento ancora in imbarazzo con tutti che mi guardano e osservano ogni mia mossa. E ho avuto bisogno che tu mi salvassi quando Angelo – il visconte Renati – ha cominciato a fare tutte quelle domande. Ma me la sto cavando meglio di quanto speravo. Anzi, mi sto divertendo. E tu meriti il ringraziamento."

Amanda pregò che le sue guance non fossero arrossate come le sentiva. "I biglietti non erano necessari. Ho fatto solo il mio lavoro." Ma il loro accordo faceva sì che quello fosse più di un semplice lavoro e lo sapevano entrambi. Amanda incrociò lo sguardo di Marco, ma lo scoprì illeggibile. "Siete stato molto gentile. Grazie."

"Spero che una di quelle barchette sarà vincitrice. Così, ti mostrerò io stesso la baita."

Che ci stesse provando spudoratamente o che quella fosse una semplice affermazione, Amanda non lo sapeva e di certo non lo avrebbe chiesto. Per quanto il suo cuore tifasse per il provarci, il cervello le diceva che sarebbe stato stupido, stupido, stupido. Tanto per cominciare, il principe Marco *civettava*, non aveva relazioni. L'intimità non faceva parte del suo paesaggio emozionale. Stando a Jennifer, sembrava persino contento all'idea di un matrimonio combinato. D'altra parte, lei sognava una relazione, come quella di Jennifer ed Antony. O come doveva essere stata quella fra re Eduardo e la regina Aletta.

In secondo luogo, anche se lei avesse deciso di poter gestire un civettare senza implicazioni più profonde, il risultato in cui probabilmente sperava Marco l'avrebbe fatta licenziare.

Sorrise come se l'uomo non avesse detto nulla di straordinario, quindi percorse il pontile per dare i suoi codici a Harriet Hunt, l'assistente del principe Antony, che si era offerta di collaborare alla raccolta fondi mentre Antony e Jennifer erano in luna di miele.

Dopo aver finito con Harriet, Amanda portò le sue due barchette bianche al grosso bidone metallico quasi pieno appeso al pontile sopra il percorso segnato da galleggianti rossi. Strinse ciascuna barchetta, pensando a quanto era fortunata perché sua zia e sua madre erano ancora vive, quindi le lanciò sopra tutte le altre.

Alcuni altri invitati la raggiunsero per aggiungere le loro barchette al bidone mentre Marco si faceva portare il registro e lo chiudeva di scatto cerimoniosamente.

Il principe fischiò per chiedere silenzio, quindi si recò al bidone e appoggiò una mano sulla liscia leva che si protendeva dal fianco. Esclamò: "Il funzionamento della gara è semplice. Questo bidone rovescerà le barchette nel mare. I galleggianti rossi impediranno loro di uscire dal percorso e la marea le spingerà lungo il pontile, fino alla spiaggia. La prima barchetta a rimanere incastrata nella sabbia vincerà. In caso di pareggio, entrambi i vincitori godranno di una settimana alla baita. Tutti pronti? Date voi il via."

"Pronti!" esclamò la folla.

"Via!"

Marco tirò la leva, aprendo uno sportello sul fondo del bidone. Con la coda dell'occhio, Amanda vide i flash delle macchine fotografiche dei paparazzi quando le barchette bianche precipitarono in acqua. Il vento e le onde le spinsero rapidamente lungo il percorso verso la spiaggia, per una distanza grossomodo equivalente a due campi da calcio.

La folla fece il tifo mentre percorreva il pontile, seguendo l'onda bianca diretta verso il Palazzo d'Avorio e la linea del traguardo. Occasionalmente si udivano fischi e grida, anche se era impossibile che qualcuno potesse riconoscere la propria barchetta fra le centinaia che ondeggiavano all'unisono.

Come Amanda e Marco avevano discusso durante la pianificazione dell'evento, il principe attraversò lentamente la folla, stringendo mani e chiacchierando con gli ospiti mentre camminava. Quando il gruppo raggiunse la riva, lui era davanti a tutti. Amanda si costrinse a non fissarlo mentre si sedeva sul pontile nel punto in cui esso toccava la spiaggia, quindi si sfilava le scarpe e i calzini con più grazia di quella che lei avrebbe ritenuto possibile per un uomo della sua corporatura. Il principe si arrotolò i pantaloni color cachi e saltò giù sulla sabbia in modo da raccogliere la barchetta vincitrice da dove si sarebbe fermata. Nonostante l'aspetto da vacanziero in spiaggia, Marco sfoggiava comunque un'aria regale e sicura di sé. Nessuno avrebbe potuto immaginare il disagio interiore che gli provocava ospitare l'evento. Si era accattivato ogni singolo individuo nella folla, lei compresa.

Le barchette ondeggiarono verso la spiaggia proprio nel momento in cui i piedi nudi di Marco toccarono il bagnasciuga. Finalmente, quando un'onda si ritrasse, una barchetta solitaria rimase spiaggiata a qualche passo di fronte al principe. L'uomo si chinò, la voltò ed esclamò: "Numero cento sessantadue!"

Harriet Hunt ripeté: "Codice cento sessantadue," per poi annunciare: "L'onorevole Bernando Raffini!"

Il giudice dai capelli grigi si fece avanti con le mani giunte sopra la testa in un gesto di vittoria. Era il vincitore perfetto, decise Amanda mentre applaudiva. Aveva parlato brevemente con il giudice durante l'ora del cocktail e questi aveva accennato di avere intenzione di andare in pensione nel giro di qualche mese. Una settimana in un rifugio di montagna fra le splendide Alpi tirolesi sarebbe stata la ricompensa perfetta per una lunga carriera al servizio del Paese.

Non che lei stessa non avrebbe apprezzato la vacanza, soprattutto se Marco avesse mantenuto la promessa di farle da cicerone.

Si lisciò le mani sul vestito, come se farlo potesse levarle il pensiero di dosso, quindi concentrò l'attenzione sul giudice, che ricevette dal principe un simbolico mazzo di chiavi del rifugio. Lei batté le mani assieme al resto della folla.

Perché era così ossessionata da Marco diTalora? Aveva già conosciuto uomini attraenti, uomini ricchi, uomini importanti. Uomini i cui corpi esibivano muscoli e piani duri in tutti i punti giusti per generare in una donna sogni incredibili. Tuttavia, quegli uomini non le avevano fatto l'effetto che le faceva Marco. Era stata ingaggiata per istruirlo, santo cielo, non per struggersi per lui. Che le era preso?

Ma mentre gli invitati rientravano e lei ed Harriet cominciavano a raccogliere il resto delle barchette che giungeva a riva, pensò che almeno due di esse erano dedicate a sua zia e a sua madre.

Il principe Marco diTalora si era fidato di lei. E così facendo, le aveva mostrato il suo cuore.

AMANDA TAMBURELLÒ con la penna sul taccuino a righe posato di fronte a lei sulla scrivania. Aveva trascorso gli ultimi minuti scrivendo un elenco degli aspetti su cui lei e Marco dovevano lavorare, oltre che un elenco di cose da fare in seguito all'evento per il Consiglio del Cancro.

Dopo la regata, Amanda aveva incoraggiato il principe a interagire con gli ospiti. Alla conclusione dell'evento, si era congedata, dicendo a Marco di godersi una meritata serata libera e trascorrerla con gli amici. Avevano concordato di incontrarsi nella biblioteca quella mattina, dopo colazione.

Amanda aveva avuto l'impressione che il principe fosse sul punto di invitarla a unirsi a lui e ai suoi amici, ma era riuscita a non dargliene l'opportunità. Aveva disperatamente bisogno di allontanarsi dalla sua presenza per calmare i pensieri, per non dire gli ormoni. Dopo una lunga doccia fredda e una notte trascorsa a riflettere sui suoi doveri, si era svegliata pronta a lavorare.

Marco entrò in biblioteca con una tazza di caffè in ciascuna mano e un sorriso pigro sul volto. Sebbene lei sospettasse che fosse rimasto fuori fino alle prime ore del mattino, l'uomo non ne dava l'impressione. I suoi capelli erano arruffati come sempre, ma si era rasato, i pantaloni grigi gli abbracciavano i fianchi senza l'ombra di una grinza e indossava una camicia nera stirata leggermente aperta sul collo. L'effetto era rilassato, ma ben curato. "Pronta a caffeinarti?"

"Sono già caffeinata, ma un po' di più non mi farà male." Grata, Amanda gesticolò verso i sottobicchieri sul bordo della scrivania. Quando l'uomo posò le tazze, vide che il caffè di lui era liscio, ma quello di lei conteneva l'esatta quantità di latte che aggiungeva sempre.

"Ho incontrato Samuel Barden nella sala della colazione," spiegò Marco, riferendosi allo chef che si prendeva cura della famiglia. "Mi ha detto che lo prendi così."

Amanda era commossa che Marco avesse pensato di chiederlo. "Grazie."

L'uomo sporse il corpo perfetto sulla scrivania e aggrottò la fronte mentre fingeva di studiare l'elenco. "Va così male? Pensavo di essermi comportato straordinariamente bene."

"È così. Anzi, sono entusiasta dei risultati." Amanda lasciò cadere la penna sulla scrivania e si alzò, stiracchiandosi le gambe. "Ma c'è sempre un margine di miglioramento. Vostro padre si aspetta che partecipiate a più attività dell'occasionale evento di beneficenza. Qualche battuta sulle barchette di gomma ha un'utilità limitata. Dovrete affinare le vostre doti di conversazione e di presentazione per essere pronto."

"A cosa? Lui ti ha detto che cosa hai in mente?"

"No, ma posso immaginarlo. Ci saranno incontri con funzionari locali, cerimonie varie, cene di Stato–"

Un'espressione allarmata attraversò il volto di Marco. "Una cena di Stato? Non presto, spero."

"No, non presto. Ma ci si aspetterà che partecipiate a quanti più eventi sociali possibile. La vostra assistente mi riferisce che sulla sua scrivania ci sono almeno trenta inviti, ora che si è diffusa la notizia che siete tornato a titolo definitivo. E ho letto sul giornale di ieri che la Biblioteca Pubblica Nazionale ha quasi concluso i lavori di restauro. Hanno chiesto che un membro della famiglia reale parli in occasione della riapertura. Sarebbe l'occasione perfetta per voi."

"Sembra molto impegnativo."

"Lo è," ammise lei. "Che vi piaccia o meno, quello del principe è un lavoro a tempo pieno."

"Immagino di sì." Marco si raddrizzò, visibilmente poco voglioso di pensarci.

"Non temete. Presto vi verrà spontaneo. Più esercizio farete, più facile diventerà. Incontrare un capo di Stato straniero non sembrerà più difficile che organizzare la gara delle barchette. Ci penserò io."

Piccole rughe si formarono attorno agli occhi di Marco quando sorrise. "Ne sono certo."

Amanda strappò la pagina di appunti dal taccuino e si alzò. "Una cosa per volta, però. Questa mattina, vorrei che stendeste la bozza di un messaggio di ringraziamento per i partecipanti all'evento di ieri. Accennate all'importanza della loro partecipazione, fate un esempio di come il Consiglio del Cancro Sanriminese userà la loro donazione, eccetera. E allegate un messaggio personale alla lettera per il giudice Raffini, per congratularvi per la sua vittoria. Ditegli che pensate che sia un buon modo per cominciare il suo pensionamento, anche se vi dispiace perderlo come membro attivo del ramo giudiziario."

Marco prese un foglio di carta bianca dal taccuino, quindi si appuntò *ringraziamenti* e *giudice Raffini*. "Sei davvero brava, sai?"

"Lo so." Amanda resistette all'impulso di sottolineare l'affermazione con un sorriso soddisfatto.

"A proposito del giudice Raffini." L'uomo posò la penna e incrociò lo sguardo di Amanda, facendosi improvvisamente serio. "Mi dispiace che tu non abbia vinto. So che dovrei essere imparziale, ma facevo il tifo per te. Meritavi il premio più di chiunque altro."

Amanda si sentì arrossire. Di nuovo. Era insopportabile come le avvampassero le guance tutte le volte che Marco apriva la bocca nelle sue vicinanze. "Lo apprezzo e apprezzo anche il pensiero che avete dedicato alla vostra donazione, ma non sarebbe stato appropriato se avessi vinto. È molto meglio che il premio vada a un ospite piuttosto che a qualcuno che ha contribuito a organizzare l'evento."

Marco girò attorno alla scrivania per mettersi accanto a lei, così vicino da far sì che lei si rendesse conto che i suoi capelli erano ancora umidi dalla doccia. Sentiva il profumo di qualunque sapone lui avesse usato grazie al calore della pelle. La combinazione le diede un'impressione di mascolinità, calore e attrazione imperdonabile. Fece un passo di lato, con l'intento di girare attorno alla scrivania per frapporre una qualche distanza fra di loro.

"Devo ammettere che anch'io avevo ragioni puramente egoistiche." Marco si spostò per bloccarle la strada. "Speravo di mostrarti la casa invernale della mia famiglia. Ho trascorso giornate meravigliose laggiù quando ero piccolo, andando in slittino con mia sorella e i miei fratelli e sciando con i miei genitori. Penso che ti sarebbe piaciuto."

"Potete sempre mostrarmelo un'altra volta," osservò lei, per poi pentirsene immediatamente. Si era appena autoinvitata a trascorrere del tempo con Marco – da soli – in una baita isolata, il che era sbagliato su due fronti. Non si poteva civettare con un principe, né tantomeno invitarsi da soli in una residenza reale. Al momento, lei non sapeva quale fosse l'errore più grave.

Ma non importava. L'attrazione fra di loro era palpabile.

"Naturalmente," si affrettò ad aggiungere, "considerato il successo dell'evento, dubito che vostro padre impiegherà i miei servigi oltre i tre mesi concordati. Tornerò negli Stati Uniti prima della stagione sciistica, per cui sarebbe stato inutile che io vincessi una settimana alla baita."

Marco fece un passo avanti, sporgendosi al punto che lei sentì il suo fiato caldo sul viso. "Peccato," rispose, la voce dolce e vicina al suo orecchio. "Ieri è stato divertente. Posso solo immaginare come sarebbe andare a sciare con te."

La determinazione di Amanda vacillò. Se avesse voluto, avrebbe potuto allungarsi verso la spalla di Marco e poi far scivolare una mano dietro la sua nuca. Aspettare e vedere come lui avrebbe reagito.

No, dentro di sé sapeva come lui avrebbe reagito. E sapeva quanto lo voleva.

Invece, si voltò verso la scrivania, dandosi un margine di sicurezza, e si schiarì la voce. "Sono certa che il giudice Raffini e la sua famiglia gradiranno."

"Non sciano," mormorò Marco, voltando le spalle alla scrivania e allungandosi a ravviarle una ciocca di capelli dietro l'orecchio. Il suo tocco leggero la elettrizzò e lei si allontanò, bisognosa di fuggire, ma si ritrovò bloccata fra la scrivania e la parete della biblioteca. Le mani di Marco si appoggiarono alla parete su entrambi i lati di lei. "O almeno, sua moglie non lo fa."

"Nemmeno io."

"Ah. Dunque, non sei esperta di tutto."

"Non ho mai detto di esserlo." La voce di Amanda suonava come un rantolo persino alle sue orecchie.

Lo sguardo di Marco le percorse il viso con sensuale lentezza. Per quanto l'istinto le dicesse di chinarsi sotto il suo braccio, di spostarsi dall'altra parte della stanza e di allontanarsi da quello scrutare intimo, lei non ci riusciva. Lo sguardo dell'uomo conteneva più del desiderio: c'era anche dell'affetto.

"Dimmi, Amanda." La voce gli uscì di bocca bassa e suadente e lei adorò il modo in cui la lingua dell'uomo pronunciò il suo nome. "Qual è il tuo parere professionale riguardo a un allievo che ringrazia in maniera più intima la sua insegnante per un lavoro ben fatto?"

CAPITOLO 8

"MI AVETE GIÀ RINGRAZIATO. Mi avete portato il caffè. E le due barchette... È stato un gesto importante."

"Quello che hai fatto tu è importante. Hai trovato un evento adatto a *me*. Non a mio padre, non alla stampa, non alle cariatidi." La bocca dell'uomo era a un sussurro da quella di Amanda. Lui le ravviò un'altra ciocca di capelli dietro l'orecchio, quindi mosse la testa per deporre un bacio gentile e sbarazzino nel punto in cui i capelli gli avevano sfiorato la guancia. "Mi tratti con rispetto, ma non me ne lasci passare una. Quella è la cosa più importante, perché nessuno mi aveva mai trattato così. Nessuno mi ha mai visto come mi vedi tu."

Per due settimane avevano mantenuto un rapporto professionale. Ma il successo condiviso del giorno prima e la natura personale del dono di Marco avevano cambiato le cose ed entrambi lo sapevano. Entrambi lo avevano *sentito* ben prima che lui le portasse il caffè o la intrappolasse fra il suo corpo e la parete della biblioteca. L'intimità generata dall'evento di ieri li aveva riportati entrambi a quel momento di calore nel giardino delle rose.

Era per quello che lei si era rifiutata di unirsi a lui la sera prima. Allora, Marco le aveva permesso di distanziarsi. Ora la stava costringendo ad affrontare la situazione.

"Com'è che non avete problemi a parlarmi in maniera estremamente, estremamente" – cercò la parola giusta – diretta, ma detestate parlare in pubblico?"

"Perché non rivolgerei mai queste parole a un pubblico."

"Non dovreste rivolgerle nemmeno a me." Amanda incrociò lo sguardo di Marco e vide le proprie emozioni riflesse nei suoi occhi. Prima di poterci pensare, gli portò le mani alla vita. "Potrei–"

Le parole *essere licenziata* non le uscirono mai di bocca. Le labbra di Marco sfiorarono le sue, dolci e piene di promesse come lo erano state sul suo polso due settimane prima.

Ogni logica la abbandonò quando lui la baciò di nuovo. Questa volta, tuttavia, l'azione fu decisa. Possessiva. Amanda si aprì a lui, ricambiando il bacio, attirandolo a sé. Le sue mani scivolarono lungo i fianchi dell'uomo e un brivido la attraversò quando i suoi palmi trovarono i muscoli forti e sodi della schiena. Lui le prese il mento in mano, fondendo la bocca con la sua.

Marco diTalora doveva essere il maschio perfetto.

L'esalazione che le sfuggì fu come una valvola a pressione, che le permise improvvisamente di rilasciare due settimane di voglia accumulata. L'uomo la premette contro la parete della biblioteca e ogni dolcezza svanì quando il suo corpo si incastrò perfettamente con quello di lei. La modanatura le affondò nel posteriore, ma non gliene importava nulla. Cercò di attirarlo ancora più vicino, affondando le dita nella sua camicia, passandogli una gamba attorno al polpaccio. Mentre la bocca di Marco divorava la sua, una delle sue mani scivolò più in basso, fino alla spalla, e poi fino al fianco per sfilarle la camicetta. L'uomo si muoveva come se fosse posseduto, noncurante del rischio di strappare tessuto o perdere bottoni.

Quando il calore del suo palmo toccò la pelle nuda del

fondoschiena di Amanda, all'improvviso lei capì come sarebbe stato condividere un letto con lui. Puro, dolce paradiso.

E lo voleva.

Voleva notti di sesso selvaggio e atletico in ogni angolo dell'appartamento privato o dello chalet del principe, seguito da dolci, teneri baci tutte le mattine durante la colazione. Poi amoreggiare ancora, ogni esperienza più ardita, più avventurosa.

Si protese verso il viso dell'uomo e l'appetito del suo corpo per lui si fece vorace, nonostante la mente le stesse gridando di smettere.

Marco abbassò la testa, assaggiando con la lingua l'incavo del suo collo. La sensazione le strappò un gemito sommesso e lei aprì gli occhi e scoprì di avere le dita immerse nei capelli schiariti dal sole del principe. La testa di lui si stava muovendo più in basso, la bocca ora sul bordo del reggiseno, che lo spostava lentamente. A un certo punto, le aveva slacciato i primi bottoni della camicetta.

La compassata, *rispettabile* Amanda Hutton non poteva fare una cosa del genere. In un momento di epifania, si rese conto che la porta della biblioteca era spalancata.

"Marco," mormorò, "per favore, non possiamo–"

"Sì che possiamo." La voce di lui le giunse soffocata; Marco non staccò nemmeno le labbra dalla sua pelle mentre parlava.

"Ma non dovremmo." Lei chiuse gli occhi e lasciò che le sue mani ricadessero da dove le aveva infilate. Anche se nessuno li avesse sorpresi, anche se in qualche modo Marco avesse deciso che non voleva soltanto civettare con lei, Amanda non avrebbe mai potuto avere con lui la relazione che desiderava.

Ciò che si portava dentro avrebbe potuto distruggerlo.

Finalmente, l'uomo si staccò e incrociò il suo sguardo, il volto un misto di voglia allo stato puro e frustrazione. La osservò per un momento, come per valutare la serietà delle sue parole, considerato il fatto che la camicetta di Amanda era ora aperta a sufficienza da mettere in mostra la sommità del suo reggiseno di pizzo rosa a chiunque passasse di fronte alla biblioteca.

"Hai ragione." L'espressione di Marco si spense, quindi egli cominciò ad abbottonarle la camicetta con la stessa destrezza con cui l'aveva sbottonata.

"Mi dispiace," bisbigliò Amanda.

"Non dispiacerti. Non hai nulla di cui scusarti." L'uomo finì di abbottonarle la camicetta, quindi le incorniciò il volto con le mani. "Sei una donna affascinante e bellissima. È da settimane che siamo rinchiusi in questa biblioteca e ci siamo lasciati trasportare dal successo. È stato fantastico, ma se vorrai, non accadrà mai più."

Amanda non riusciva a parlare. Riusciva solo a fissarlo. Lo voleva e lui lo sapeva.

Marco la osservò per un momento, quindi la lasciò andare e girò sui tacchi. Presi gli appunti dalla scrivania, disse: "Mi metterò al lavoro sulle lettere di ringraziamento. Quando avrò finito, potremo attaccare il resto del tuo elenco."

"Vostra Altezza–"

"Marco! Mi chiamo Marco."

Il principe uscì dalla biblioteca, lasciando Amanda appoggiata frastornata alla parete.

***

Marco non avrebbe dovuto farlo.

Con qualunque altra donna sarebbe andato pure bene. Ma con Amanda Hutton? Lei aveva praticamente scritto in fronte "Cerco relazioni a lungo termine" a caratteri cubitali. Mentre lui non desiderava altro che un po' di civettare e magari quattro salti a letto.

O no?

Percorse il corridoio a grandi passi, frapponendo quanta più distanza possibile fra se stesso e Amanda.

Lei era incredibilmente bella. E brillante. Senza dubbio. Ma in quanto principe giovane e appetibile, gli venivano presentate tutti i giorni donne dotate tanto di bellezza quanto di cervello. Dunque, che cosa c'era in lei che lo aveva fatto ardere di gelosia quando Angelo l'aveva ammirata apertamente? Perché gli si era asciugata la bocca nel momento in cui era entrato in biblioteca e l'aveva vista scribacchiare? E perché non era riuscito a tenere le mani a posto? Si era allungato per sistemarle i capelli e la sensazione di quella ciocca avvolta fra le dita lo aveva inebriato al punto da spingerlo a dimenticare il decoro o la possibilità di essere scoperto da qualunque membro del personale fosse passato dalla biblioteca.

Che idiozia.

Deglutì faticosamente mentre svoltava un angolo. Doveva contenersi. Non avrebbe fatto altro che costare ad Amanda il lavoro e, per quanto incredibile sarebbe stato un paio di settimane prima, lui si era scoperto a guardare con desiderio alle loro lezioni.

E poi, anche se non l'avesse fatta licenziare, lei sarebbe rimasta certamente ferita quando il re avrebbe cominciato a rumoreggiare di volergli combinare un matrimonio con una donna ricca e di lignaggio. Ora che Federico ed Antony erano sposati e che suo padre aveva superato l'operazione al cuore, c'era il rischio che non ci volesse molto prima che il re volgesse l'attenzione al futuro di Marco al di là della partecipazione alle funzioni di palazzo.

Era l'ultima cosa che lui voleva.

Si passò una mano sulla mascella. Sentiva ancora il tocco di Amanda sulla vita e il morbido scivolare della bocca di lei sotto la sua. Ardeva per lei. Al tempo stesso, Amanda aveva il dono di metterlo a proprio agio e quel talento andava oltre l'arte della diplomazia. Era una combinazione pericolosa, che avrebbe potuto renderlo dipendente, e l'ultima cosa al mondo che lui voleva era fare affidamento su un altro essere umano. Non aveva bisogno del dolore che giungeva inevitabile quando le altre persone se ne andavano. Oppure – pensò mentre passava sotto un quadro che raffigurava suo padre sul trono con la regina Aletta al fianco – quando morivano.

Trasse un respiro profondo, quindi lo esalò lentamente. Il giorno del funerale di sua madre era cominciato con il cielo coperto. Lui aveva raggiunto il Duomo a piedi dietro la Stage Coach del 1750 – vuota all'interno, com'era tradizione per onorare un re o una regina defunti – in una nebbia che ben si abbinava al clima. Ma dopo il funerale, quando era uscito dalla cattedrale, aveva trovato il cielo soleggiato e migliaia di migliaia di volti. In quell'istante, un abisso si era aperto nel suo petto. Fra il tempo e il numero di persone che reggevano bandierine, sembrava più una parata che un funerale, nonostante le espressioni di lutto, e ciò lo aveva infastidito.

I cittadini di San Rimini avevano perso un'icona. Lui aveva perso la sua ancora. Aveva giurato che non sarebbe mai più andato alla deriva in quel modo.

Sbatté la mano sulla gamba di una statua di marmo quando raggiunse i piedi delle scale che lo avrebbero condotto alla sua residenza privata. "All'inferno!"

"Marco!"

Marco si immobilizzò. Da dove arrivava quella voce?

Il re si avvicinò da una porta secondaria. Non si prese la briga di nascondere il dispiacere dall'espressione. "Marco, non imprecare. Non lo tollero, soprattutto in corridoio. La voce riecheggia e il personale potrebbe sentirti."

Marco lottò contro l'istinto di levare gli occhi al cielo. Invece, gesticolò verso il fascio di fogli che trasportava suo padre. "Cosa sono?"

"Appunti sugli accordi economici passati."

"Per l'incontro con il ministro greco?"

Re Eduardo annuì. "È arrivato questa mattina. Ci incontreremo fra circa un'ora, poi lui si rivolgerà al parlamento. Oggi pomeriggio arriveranno i rappresentanti di diverse nazioni balcaniche. Abbiamo un progetto che rafforzerà il commercio in tutta la regione." Il re spostò i fogli sull'altro braccio, quindi osservò Marco attentamente. "E questa sera, tu li ospiterai tutti per cena."

Stavolta, lui levò davvero gli occhi al cielo. "Che ridere."

"Non sto scherzando."

Le rughe fra gli occhi del re si accentuarono e Marco si rese conto che suo padre era davvero serio.

"State cercando di rovinare il progetto prima che sia completo?" chiese. "Non ho la minima esperienza nel gestire una serata del genere. Al massimo posso partecipare come ospite e chiacchierare un po'. E poi, pensavo che sarebbe stato Federico a fare da padrone di casa. Ci sarà mezzo parlamento. Per non parlare–"

"Conosco l'elenco degli invitati," lo interruppe il re. "E ospiterei io stesso la cena, se potessi. Ma sai che questa sera verrà inaugurata l'ala del Royal Memorial Hospital dedicata alla regina Aletta. Il progetto è in cantiere da due anni e io devo assolutamente partecipare. I ministri lo sapevano quando abbiamo messo in agenda le discussioni della settimana. Avevo intenzione di affidare la cena a Federico, ma Lucrezia è malata e lui deve restarle accanto."

"Che succede?" Marco non riusciva a immaginare il ligio al dovere Federico che saltava una funzione di Stato. Non era sicuro che Federico avesse *mai* saltato un evento del genere, nemmeno per la moglie. Anzi, di solito era lei a insistere perché partecipasse.

"Ha mal di testa. E non è una delle sue solite emicranie. Non so molto altro."

"E Isabella?"

"Si trova a Venezia fra oggi e domani. Sarà maestro di cerimonie al festival cinematografico, l'anno prossimo, e c'è un incontro preliminare–"

"Richiamatela." Un'ondata di nausea travolse Marco, che cercò di trattenere il panico. "Non posso ospitare una cena tanto importante, soprattutto in meno di dodici ore. Sono stato fortunato ad arrivare in fondo alla raccolta di ieri sera. Se Amanda non ancora consegnato il rapporto–"

"Vieni con me."

Senza lasciare spazio a Marco per obiettare, il re lo oltrepassò. Marco gemette e seguì suo padre lungo il corridoio, sapendo che il re non si sarebbe lasciato dissuadere. Quando l'uomo svoltò bruscamente in biblioteca, lui non ne fu minimamente sorpreso.

Sperava che Amanda non sembrasse sconvolta come fino a un momento prima, quando lui aveva fatto la sua baciata e fuga.

E sperava davvero tanto che si fosse sistemata la camicetta.

CAPITOLO 9

AMANDA FISSÒ LA SCRIVANIA, cercando di concentrarsi sugli elenchi che aveva iniziato a compilare prima che Marco la baciasse – se ciò che c'era stato fra di loro si poteva definire un semplice bacio – ma non riusciva a mettere a fuoco le parole.

Aveva accettato il lavoro sapendo di trovarlo attraente e si era ripromessa che non si sarebbe lasciata coinvolgere. Il prezzo professionale era eccessivo, per non parlare di quello personale.

Come aveva potuto essere tanto stupida?

Ma la domanda più importante era: cosa aveva spinto il principe Marco ad allontanarsi all'improvviso? Doveva essere più della semplice obiezione che lei aveva sollevato. Marco l'aveva voluta quanto Amanda aveva voluto lui ed era stato più che disposto a proseguire, nonostante si trovassero in un luogo relativamente pubblico. Sarebbe bastato qualche passo per chiudere la porta. Chiunque passasse di lì avrebbe dato per scontato che stessero provando delle conversazioni, come avevano fatto molte volte nel corso delle ultime due settimane. Ma quando Marco aveva sollevato la testa e incrociato il suo sguardo, qualcosa in lui si era paralizzato. Amanda lo aveva quasi visto cambiare idea.

Forse la sua espressione l'aveva tradita. Forse l'uomo aveva visto che, in quei pochi momenti rubati, lei si era permessa di immaginare come sarebbe stato svegliarsi regolarmente accanto a lui, condividere non solo il letto, ma anche un futuro.

Strinse le mani a pugno in grembo. Conosceva la reputazione di Marco diTalora prima di incontrarlo. E aveva capito la sua riluttanza nel dare il cuore a una donna nel momento in cui si era resa conto di quanto lo aveva colpito la morte della madre. Jennifer non aveva forse menzionato, al matrimonio, che Marco non era contrario a un matrimonio combinato? Da quanto lei sapeva di unioni del genere, esse erano realizzate soprattutto per forgiare alleanze, per rafforzare legami politici. Per motivi pratici. Non per amore, almeno non all'inizio. Se l'amore c'era, arrivava più tardi.

Perdere il controllo delle sue emozioni con un uomo come Marco, baciarlo come lo aveva baciato… Fletté le dita in preda alla rabbia. Aveva rivelato troppo e ciò le lasciava una sensazione di nausea nel profondo dello stomaco.

"Signorina Hutton."

Amanda sollevò di scatto la testa nell'udire la voce regale. Spinto da parte il taccuino, si alzò frettolosamente. "Vostra Altezza, mi stupisco di vedervi qui. Se avessi saputo–"

Re Eduardo sollevò una mano per invitarla a rilassarsi. "Va tutto bene, signorina Hutton. Si accomodi."

Amanda si sedette sulla sedia della scrivania mentre Marco entrava nella stanza alle spalle del padre. Il suo volto si scaldò alla vista del principe, per cui tenne l'attenzione fissa sul re.

"Sa che per questa sera a palazzo è prevista una cena?" Quando lei annuì, il re proseguì: "Ne ho discusso con il principe Marco e gradirei che partecipasse."

"Vuole che la *ospiti*," preciso Marco.

Amanda spostò lo sguardo da Marco al re. "Non mi ero resa conto che aveste bisogno che il principe venisse preparato così presto per un evento del genere, Vostra Altezza. Ha dato il suo primo evento soltanto ieri ed era all'aperto, in un contesto più informale."

"Sì." Eduardo si fece avanti, posando una pila di fogli sulla scrivania di fronte a lei. "Vi ha partecipato un mio caro amico, il conte Giovanni Sozzani. È rimasto molto colpito. Vedo che ho assunto la persona giusta."

Amanda si chiese che cosa avrebbe detto il re se avesse saputo che la persona giusta aveva palpeggiato suo figlio con la camicetta spalancata in quella stessa stanza solo pochi minuti prima.

"Apprezzo le parole gentili, ma non sono certa che il successo dell'evento di ieri significhi che il principe Marco è pronto a ospitare una cena formale." Amanda esitò, non volendo contraddire il re. "Considerata l'importanza del vostro piano economico, avete bisogno che la serata si svolga senza intoppi. Posso permettermi di suggerire che il compito venga affidato al principe Federico o alla principessa Isabella? Anche se sono lieta che il principe Marco abbia l'opportunità di partecipare, naturalmente. Sarà un'esperienza formativa."

"Ne sono certo," ammise il re. Guardò Marco, che rimase appoggiato alla parete della biblioteca. Qualcosa nella postura del principe insospettì Amanda.

"Loro non possono, vero?"

"Temo di no," rispose il monarca. "Federico aveva intenzione di fare da padrone di casa, ma sua moglie è malata." Lo sguardo del re trafisse Amanda, valutandola. "Chiedo scusa per non avervi dato il tempo di prepararvi."

Amanda deglutì faticosamente. "Ce la caveremo, Vostra Altezza. Spero che Lucrezia si riprenderà in fretta."

Re Eduardo batté con un dito sulla pila di documenti. "Il principe Marco dovrà acquisire familiarità con questi entro stasera, in modo che possa parlare del piano con cognizione di causa. Non c'è necessità di esercitare pressione sui vari dignitari o che Marco abbia una comprensione più che generale delle questioni rilevanti. Loro sanno che lui non ha partecipato alla stesura del piano. Voglio solo che tutti siano contenti fino a domani. Sono stato chiaro?" Spostò lo sguardo fra Amanda e Marco.

"Chiarissimo," risposero all'unisono i due, sebbene Marco non sembrasse particolarmente sicuro.

"Signorina Hutton, farò recapitare nella sua stanza una selezione di abiti, scarpe e borsette appropriate in modo che anche lei partecipi alla cena. Ha bisogno di altro?"

Amanda scosse la testa, cercando di capire quanto lavoro avrebbe dovuto fare in un brevissimo periodo di tempo.

"Ottimo. A breve incontrerò il ministro greco, quindi lo accompagnerò in parlamento. Se ha bisogno di qualcosa, contatti la mia assistente. Lei saprà rispondere a qualunque domanda."

Eduardo si incamminò verso la porta, ma voltò lo sguardo verso di lei prima di uscire in corridoio. "Mi aspetto che la serata sia un successo, signorina Hutton."

"Sì, Vostra Altezza."

Il re prese atto della risposta con un cenno del capo, quindi se ne andò, chiudendosi la porta alle spalle.

Marco la fissò per un lungo istante sospeso.

"Beh, immagino che le lettere di ringraziamento dovranno aspettare," azzardò. La battuta cadde nel vuoto.

"Senti–"

Amanda sollevò una mano. "Non parliamone, d'accordo? Abbiamo già poco tempo." Non sopportava l'idea di discutere ciò che era successo fra di loro. Marco non avrebbe fatto altro che spezzarle il cuore e quella era l'ultima cosa di cui lei aveva bisogno, considerata la pressione che già aveva addosso.

Un lampo di emozione – sollievo? rammarico? – attraversò i limpidi occhi azzurri del principe, per poi svanire. "D'accordo."

Amanda distolse lo sguardo dal suo e gesticolò verso la pila di fogli. "Non è niente, davvero."

"A me sembra tutt'altro che niente."

"È solo un'infarinatura. Come leggere i giornali per sapere cos'è successo nel mondo il giorno prima. Sfogliateli rapidamente, assorbendo il possibile. Non dovete impararli a memoria."

La bocca di Marco ebbe un guizzo dubbioso.

"Avete sentito vostro padre. Questa sera non dovrete fare altro che far contenti i dignitari. Se la cosa vi mette a disagio, non dovrete nemmeno discutere di questioni economiche. Chiedete come sta il marito o la moglie, dite loro cosa ammirate dei loro Paesi, cose così. Se scoprirete di avere qualcosa in comune – una vacanza che vi incuriosisce, un film piaciuto a entrambi – andrà tutto bene. Dopo ieri, avete dimostrato di sapervela cavare."

"Allora perché tutti questi aggiornamenti economici?"

Amanda si tormentò il labbro. Ciò che aveva da dire non gli sarebbe piaciuto. "Ci si aspetterà che diciate qualcosa alla cena. Quei dignitari si trovano a San Rimini per un motivo. Sarà necessario dire qualche parola riguardo all'importanza di mantenere economia e relazioni forti in tutta la regione."

"Non credo–"

"Non dovrete parlare molto. Non sarà nemmeno necessario che parliate quanto avete parlato alla gara, ieri. Metteremo tutto per iscritto e ci eserciteremo."

Marco si avvicinò alla scrivania e raccolse i documenti. "È meglio che cominci. Forse dovrei andare nel mio appartamento." La sua attenzione si spostò alle spalle di Amanda, sulla parete dietro la scrivania, e parve notare ciò che lei aveva notato dopo che lui se n'era andato: alcuni libri sullo scaffale adiacente si erano inclinati, probabilmente quando lui l'aveva spinta contro il muro.

Amanda si costrinse a non voltarsi a guardare. Si era seduta per schiarirsi la testa, senza prima raddrizzare i libri.

"Sì, credo che sia meglio così," gli disse. "Nel frattempo, stenderò la bozza di un discorso generico. Mentre vi preparate, probabilmente troverete qualche dettaglio meritevole di essere aggiunto. Potete tornare fra un'ora?"

"Facciamo novanta minuti. C'è molto materiale."

Amanda annuì. Mentre l'uomo faceva per andarsene, aggiunse: "Principe Marco? Un'ultima cosa."

L'uomo si fermò e lei esalò il fiato. "Sebbene questi politici sappiano che voi non avete avuto nulla a che fare con le trattative per queste nuove politiche, credono che abbiate l'orecchio di vostro padre. Se riterranno che vi siano questioni irrisolte, vi sottoporranno le loro opinioni, sperando che convincerete vostro padre a vederla alla loro maniera. Magari persino a introdurre alcune modifiche leggermente a loro favore."

Marco fece una smorfia. "Non accadrà mai."

"Ma loro non lo sanno ed è utile per la vostra immagine pubblica che vi credano più influente di quello che siete. È come lasciar credere a un avversario che la vostra mano di poker sia migliore di quello che è in realtà. Per cui, ascoltate quello che hanno da dire. Dite loro che il loro punto di vista è interessante o che vi dà da pensare, ma niente di più. Non dite loro che è buono o cattivo; non prendete posizione. E qualunque cosa facciate, non lasciatevi intimidire. Siete un diTalora e loro sono in casa vostra."

Lo sguardo penetrante di Marco incrociò il suo e Amanda fu sollevata nel notarvi l'ombra di un sorriso.

"Ne prendo atto. Ma tu non farti intimidire dalla sala da pranzo di Stato. Questo è un posto carino," disse, agitando un dito a indicare la biblioteca, con le sue tende e i suoi tappeti di antiquariato ora familiari, "ma la sala da pranzo di Stato lo fa sfigurare. Quando la vedrai, capirai perché temo di non farcela."

Lei gli rivolse un'occhiata colma di sicurezza mentre lui si incamminava verso la porta della biblioteca. "Tornate fra novanta minuti per provare il discorso."

MARCO POTREBBE NON FARCELA.

Nonostante avesse anni di eventi formali – e ora un matrimonio reale – alle spalle, Amanda dovette costringersi a non rimanere a bocca aperta mentre arrivava in cima alla scalinata di marmo ed entrava nella sala da ricevimenti che si apriva sulla sala da pranzo di Stato del palazzo reale.

Sfiorò con la mano l'abito nero di perline, grata che il re lo avesse fatto portare nella sua stanza. Le calzava perfettamente: una vita stretta senza essere soffocante, spalline sottili della lunghezza adeguata e un tessuto che le scivolava sulla pelle, rendendo l'indumento leggero nonostante le perline. Pur essendo modesto, la sua buona fattura indicava che probabilmente era costato una fortuna. Nulla di ciò che Amanda possedeva sarebbe stato degno di un ambiente tanto elegante. Sebbene lei avesse già visto la sala da ricevimenti e la sala da pranzo statale una volta, in un documentario sui palazzi più eleganti del mondo, vedere quegli ambienti di persona era completamente diverso.

La sala in sé non era davvero una sala. Invece, la stanza era perfettamente rotonda. Sotto i piedi di Amanda, il pavimento di legno massello lucido vantava un intarsio a forma di sole che consisteva di almeno sette tipi diversi di legno. I raggi del sole si proiettavano in tutte le direzioni, sottolineando la forma inusuale della stanza. Di fronte a lei, le doppie porte che si aprivano sulla sala da pranzo si curvavano per incassarsi nel muro. Su entrambi i lati delle porte, finestre dalle cornici dorate offrivano visuali impressionanti sulla città scintillante, con i suoi ristoranti di lusso, i casinò, i teatri e gli alberghi. In alto, un lampadario che vantava migliaia di cristalli a forma di goccia sommergeva la stanza di luce.

Ancora più notevole delle decorazioni della sala da ricevimenti erano le persone che ora la occupavano. Mentre il matrimonio di Jennifer ed Antony aveva visto la presenza di diversi rappresentanti delle famiglie reali europee, la cena di quella sera vantava un elenco di invitati politici da far invidia a qualunque festa a cui suo padre aveva partecipato durante i suoi giorni da ambasciatore in Italia.

I governanti di diverse nazioni balcaniche si erano raccolti vicino a una finestra, sorseggiando cocktail mentre condividevano i loro pareri sui modi in cui il piano economico avrebbe migliorato il commercio nella regione. Roger Warren, segretario di Stato americano e amico del padre di Amanda dai tempi dell'università, era nelle vicinanze e offriva il suo parere quando richiesto. L'indomani, avrebbe presenziato alla firma dell'accordo fra San Rimini, la Grecia e le nazioni balcaniche.

Purché nulla vada storto questa sera.

Ogni minuto, un nuovo VIP entrava dalle porte decorate del foyer e oltrepassava Amanda. Un rappresentante della Banca Mondiale e un membro prominente del Sabor – l'organo legislativo croato – diedero inizio a una discussione alla quale si unirono subito due rappresentanti del consiglio economico di San Rimini. Ciascuno di loro aveva un atteggiamento che parlava del potere economico che esercitava nel proprio Paese d'origine.

Amanda cercò di riconoscere i volti. Lei e Marco avevano trascorso tanto tempo imparando chi era chi quanto ne avevano trascorso rivedendo il discorso del principe ed esaminando il piano economico. Amanda estrasse con discrezione il telefono dalla borsetta per controllare se vi fossero eventuali messaggi dell'ultimo minuto di Marco. Fino a quel momento, nulla. Amanda controllò l'ora, quindi nascose il telefono.

Nel giro di qualche minuto, Marco avrebbe oltrepassato quelle stesse porte, pronto ad accompagnare i suoi ospiti a cena nell'elegante sala da pranzo e a parlare in maniera convincente di come le rinnovate relazioni economiche fra le nazioni avrebbero potuto garantire una stabilità a lungo termine nella regione. O così sperava lei. Il principe se l'era cavata bene durante la loro breve esercitazione, ma nell'osservare i dignitari che la circondavano e notava che alcuni giornalisti stavano facendo lo stesso, il nervosismo cominciò a prendere il sopravvento.

Mentre un cameriere in smoking la oltrepassava con un vassoio d'argento pieno di quiche in miniatura, Amanda si chiese come avrebbe fatto Marco ad affrontare la pressione. Nessuna di quelle persone lo agitava individualmente. Amanda era sicura che, se li avesse presi uno alla volta, davanti a una birra o durante una partita a carte o a dadi, avrebbe fatto colpo con il suo fascino, proprio come aveva fatto con lei.

Ma come gruppo, ciascuno intento a cercare di parlare con lui con un'agenda ben definita in mente, lei non era sicura di come lui se la sarebbe cavata. Si sarebbe lasciato fregare dal disagio e avrebbe detto fatto qualcosa di inappropriato? O peggio ancora, sarebbe sparito completamente per diversi minuti, cercando di raccogliere le idee come aveva fatto durante il matrimonio di Antony e Jennifer?

Federico, Isabella o Antony sarebbero stati nel loro ambiente ospitando una cena del genere. Ma Marco? Amanda sperava ferventemente che l'esperienza guadagnata durante l'evento del giorno prima gli sarebbe tornata utile quella sera.

Personalmente, non voleva che lui perdesse sicurezza in se stesso dopo aver fatto tanti progressi con le lezioni. Professionalmente, sapeva che avrebbe dovuto risponderne al re se Marco avesse fallito.

Amanda trasse un respiro profondo, quindi accettò un bicchiere di champagne da una cameriera che le si fermò accanto con un vassoio. Nel giro di qualche ora, Amanda avrebbe saputo se le sue lezioni fossero efficaci come si aspettava il re. E avrebbe saputo se Marco diTalora avrebbe fatto – o disfatto – la sua carriera.

"Principe Marco!" La voce femminile giunse dalle sue spalle, spingendola a voltarsi per determinarne la fonte. Eliza Schipani le scivolò accanto, andando incontro a Marco nel momento in cui il principe oltrepassò la soglia della sala da ricevimenti. Amanda morì un po' dentro. Jennifer sosteneva che la donna era intelligente e di buon cuore, ma Marco non si era ancora orientato. L'ultima cosa di cui aveva bisogno era di affrontare la vivace Eliza.

A quanto pareva, Amanda si era preoccupata per nulla, perché Marco guardò la bionda con un sorriso da cento watt sul viso.

"Eliza, sono davvero felice che lei sia riuscita a venire." La sua voce si abbassò al punto che Amanda riuscì a malapena a sentirlo. "Ho saputo che domani annuncerà la sua candidatura al parlamento. Congratulazioni."

Presa la mano della bionda, la baciò con una tale grazia che Amanda avrebbe pensato che avesse baciato le mani di mille donne importanti in occasione di mille funzioni di Stato diverse – se non avesse saputo altrimenti. Quando Marco lasciò la mano di Eliza Schipani, il suo sguardo si spostò per un attimo a incrociare quello di Amanda.

Lei gli lanciò un'occhiata che sperava dicesse *Puoi farcela*. Negli occhi di Marco lampeggiò la comprensione prima che egli riportasse l'attenzione sulla bionda che aveva di fronte.

"Ma grazie, Vostra Altezza. Mi pare di capire che parte dell'accordo economico preveda di facilitare lo scambio di ricerche mediche attraverso la regione. Migliorare l'accesso alle ultime ricerche tanto per i medici quanto per i pazienti è parte integrante del mio progetto. È fondamentale, se vogliamo migliorare la qualità della vita dei nostri cittadini."

"Sono certo che gli elettori la troveranno molto persuasiva."

La donna sorrise, quindi accettò un bicchiere di champagne dalla stessa cameriera che ne aveva offerto uno ad Amanda. "A proposito di persuasività, a quanto pare non è una qualità che mi appartiene. Non sono ancora riuscita a strapparvi l'impegno a parlare alla Conferenza Sanitaria di San Rimini il mese prossimo. Sapete che sarò io a coordinare l'evento e sarei onorata–"

"Ma certo. Ne sarei lieto. Se vuole contattare la mia assistente, lei controllerà la mia agenda. Può contare su di me, purché io non sia già impegnato altrove."

Eliza sembrava sul punto di lasciar cadere il suo drink. I due continuarono a chiacchierare ancora per un minuto e, quando Marco si congedò per andare a parlare con un funzionario serbo, il sorriso elettrizzato sul volto di Eliza era molto eloquente.

Amanda trattenne a sua volta un sorriso. A giudicare dal modo in cui aveva affrontato Eliza Schipani, Marco se la sarebbe cavata splendidamente.

Amanda svicolò, trascorrendo il resto dell'ora del cocktail muovendosi attraverso la sala da ricevimenti, valutando con discrezione gli ospiti. Ma quando suonò la campanella della cena, Marco le apparve accanto.

"Credo che per ora vada tutto bene."

Amanda lo squadrò: lo smoking su misura, l'angolo della cravatta, i capelli pettinati. Persino il suo sorriso ostentava sicurezza e compostezza. "Sembrerebbe di sì. Se non è troppo condiscendente dirlo, sono orgogliosa di voi."

"Non sono ancora arrivato al discorso."

Amanda resistette all'impulso di toccarlo sul braccio. Troppi sguardi lo seguivano e il gesto avrebbe suscitato troppe domande. Fino a quel momento, pochi degli ospiti si erano accorti di lei.

Marco doveva condividere il sentimento, perché il lampo nei suoi occhi bastò a scioglierle le viscere. Doveva proprio essere così attraente? Così allettante?

"Non potrai sedere accanto a me," disse il principe. "Non ci avevo nemmeno pensato."

Amanda scosse leggermente la testa, ma dentro di sé era

entusiasta che lui la volesse vicina. "Non avete bisogno di me. Avete imparato il discorso a memoria."

"Non è quello il problema."

In quel momento, il ministro dell'economia greco, che si trovava alle spalle di Marco, alzò la voce a sufficienza perché Amanda lo udisse.

"L'attuale crisi dei profughi ha creato una tensione spaventosa nell'intera regione. Se non abbiamo un piano concreto, con delle scadenze precise, per alleviare il problema come parte di questo pacchetto, cosa ne garantirà il successo? Le fondamenta stesse–"

Un altro uomo, tarchiato, che Amanda riconobbe come rappresentante della Slovenia, parve innervosito dall'affermazione del greco. "È ovvio che la questione dei rifugiati preoccupa tutti, ma lei non crede che il programma attuale–"

Prima che Amanda potesse intervenire, Marco prese l'iniziativa e si rivolse al greco. "Signor Theopholus, credo che il suo posto sia accanto al mio. Lo ha già trovato?"

"No, ma–"

"Ah, vedo il segretario Warrick." Marco si sporse verso il rappresentante sloveno, ma lanciò un'occhiata eloquente nella direzione dell'americano. "Signor Jankovic, il segretario Warren è ansioso di parlare con lei. Desidera discutere della possibilità di tenere in Slovenia l'incontro di aggiornamento sugli accordi economici."

"Grazie. Cerco di agguantarlo." Lo sloveno si affrettò a congedarsi e si diresse verso il segretario di Stato.

Una volta che questi si fu allontanato, Marco rivolse la propria attenzione al greco, che stava guardando Amanda. Lei cercò di lanciare a Marco un'occhiata per fargli capire che aveva bisogno di essere presentata, ma il principe rimase per un attimo come paralizzato.

"Vostra Altezza, non credo di aver fatto la conoscenza della signorina," lo aiutò il greco.

Amanda vide Marco deglutire. *Oh, no.* Dopo tutti i risultati che aveva ottenuto, Marco non poteva lasciarsi sconfiggere dal nervosismo ora. Non dopo quello che aveva appena fatto. E non per *lei*. Era un momento insignificante rispetto a tutto il resto.

"Chiedo scusa," disse finalmente il principe. "Questa è la signorina Amanda Hutton. Si è recentemente unita al mio personale diplomatico. Signorina Hutton, questo è l'onorevole Ari Theopholus di Grecia."

Personale diplomatico? Tutti sapevano che Marco aveva un autista e un'assistente. Oltre a una scorta, se la voleva. Ma del *personale diplomatico*? Amanda cercò di non mostrare divertimento di fronte alla descrizione del principe mentre il greco dalle spalle larghe le stringeva la mano.

"È un piacere, signorina Hutton."

"Anche per me."

Marco invitò il ministro a raggiungere il suo posto. "La cena sta per cominciare. È meglio entrare. A proposito, ho dimenticato di menzionare che ho conosciuto sua moglie l'anno scorso, mentre sciavo a Zermatt. Era lì con la sorella. È molto abile. Anche lei scia?"

"Sì."

Amanda trattenne una risata mentre Marco conduceva l'uomo verso le porte della sala da pranzo di Stato e i due discutevano i meriti delle diverse località sciistiche. Attraversò la stanza, cercando il suo nome sui segnaposto della lunga tavolata. Quando lo individuò a uno degli angoli, il più lontano possibile da Marco, le venne in mente un pensiero.

Se l'uomo avesse continuato a mostrare tali capacità, l'incarico di Amanda non sarebbe mai durato i tre mesi previsti. C'era la possibilità che lei tornasse a casa nel giro di qualche settimana. L'idea di trascorrere i due mesi successivi, almeno, a San Rimini, le era parsa cosa fatta. Ma in tutta onestà, avrebbe dovuto rendersi conto che ciò non era scontato; solo lo stipendio era garantito.

Amanda prese posto mentre i camerieri si muovevano attorno a lei, riempiendo bicchieri di cristallo in modo che gli invitati potessero brindare all'accordo economico imminente. Presto, la voce di Marco riecheggiò nella stanza, ringraziando tutti per il loro duro lavoro, per poi cantare le lodi del piano e del modo in cui esso avrebbe unito i Paesi attorno al mare Adriatico. Amanda sentì a malapena le loro parole. Invece, chiuse gli occhi, cercando di memorizzare il timbro setoso della voce di Marco, il tintinnio dei bicchieri di cristallo, il chiacchierare sommesso degli invitati mentre ascoltavano le parole del principe. Nel profondo della sua anima, sapeva che quella cena sarebbe stata l'ultima per lei.

Marco era intelligente e sapeva cogliere gli indizi sociali. Anche se si sentiva più a suo agio con gruppi più piccoli, una volta sopravvissuto alla serata, avrebbe riscontrato enormi miglioramenti. Non avrebbe avuto bisogno di lei.

Prima o poi, re Eduardo avrebbe presentato a Marco una donna appropriata, dalle parentele importanti, una persona del posto e magari persino titolata, che rimanesse al suo fianco mentre egli svolgeva il ruolo regale. Una persona che sarebbe stata una buona compagna per lui, una buona madre per i suoi figli... e quella persona non sarebbe stata Amanda. Non *poteva* essere lei.

Nel profondo del cuore, Amanda sapeva che non avrebbe mai funzionato. Lei gli avrebbe solo provocato sofferenza.

Sapeva da anni che, se avesse avuto una relazione seria, che andava oltre qualche uscita e del sesso occasionale, avrebbe dovuto intrecciarla con un certo tipo di uomo. Probabilmente più maturo. Una persona che sostenesse la sua carriera e che non volesse dei figli. Magari qualcuno che ne aveva già avuti da una relazione precedente.

Non Marco diTalora.

Amanda aprì gli occhi mentre gli applausi colmavano la stanza. Marco prese posto e i camerieri si avvicinarono da dietro per servire l'insalata agli ospiti. Amanda azzardò un'occhiata al principe e scoprì che la stava guardando. Un lampo di desiderio gli illuminò il viso, potente quanto l'occhiata che le aveva rivolto qualche istante prima che la sua bocca calasse su quella di lei in biblioteca, quel pomeriggio. Ma c'era dell'altro in quello sguardo – una voglia che scorreva più profonda del semplice desiderio. Lui la voleva lì, accanto a sé. E non solo per incoraggiarlo durante il discorso.

Se fosse giunta da chiunque altro, Amanda avrebbe definito quell'occhiata un'occhiata d'amore.

Le si mozzò il fiato mentre assorbiva l'impatto dell'espressione del principe, certa di essersi sbagliata. Ma poi il segretario Warren disse qualcosa che esigeva l'attenzione del principe e Marco si voltò prima che lei potesse giungere a una conclusione.

CAPITOLO 10

Marco avrebbe voluto esultare con l'entusiasmo di un vincitore dei mondiali prima ancora che lui e Amanda si chiudessero in biblioteca dopo la partenza dell'ultimo invitato. Non si sentiva così elettrizzato da quando aveva ricevuto la notifica dell'ammissione a Princeton, anni prima. Nel momento in cui aveva letto la riga che cominciava con 'Siamo lieti di offrirvi un posto nella classe…" aveva capito che la sua vita non sarebbe stata più la stessa. Sarebbe stato libero dalla routine di palazzo; avrebbe potuto esplorare il mondo esterno come facevano le persone normali. Avrebbe trascorso del tempo con persone che non conoscevano o non davano importanza alla sua vita a San Rimini, gente che parlava con lui senza avere secondi fini.

Quel giorno gli si era aperto un mondo completamente nuovo.

Proprio come era successo quella sera, in quelle stesse sale a cui un tempo era stato lietissimo di sfuggire. Aveva finalmente trovato la chiave in Amanda Hutton. Lei gli dava la sensazione di poter spiegare le ali senza dover fuggire dal suo stesso nome.

Quella consapevolezza gli faceva girare la testa e faceva venire al suo cuore voglia di scoppiare. Come aveva potuto abbandonarla quella mattina? Come aveva potuto credere che fosse stato stupido baciarla? Aveva fatto ciò che il cuore e l'istinto sapevano essere giusto.

Quando aveva osservato l'elegante abito nero della donna e il suo viso arrossato, si era reso conto che non avrebbe mai più voluto ospitare una funzione con lei seduta all'estremità del tavolo. La voleva accanto.

"Cosa vi avevo detto? Ce l'avete fatta!" disse Amanda una volta che le porte della biblioteca si chiusero alle loro spalle. "Il principe Federico e la principessa Isabella non avrebbero potuto fare di meglio, e loro affrontano queste faccende da anni."

"Tu credi?"

"Non sentite l'orgoglio nella vostra stessa voce?" Amanda si appoggiò a una delle poltrone gialle, il volto che brillava dello stesso senso di conquista che lui provava nel profondo dell'anima. "Sono davvero felice per voi, principe Marco."

Lui spalancò le braccia, concedendosi di crogiolarsi in quel momento di vittoria. "Hai visto Eliza durante l'ora del cocktail? Per poco non si è strozzata con lo champagne quando ho accettato il suo invito a parlare. E il parlamentare sloveno – il modo in cui l'ho indirizzato verso il segretario Warren quando il ministro greco ha messo in discussione il progetto sotto l'aspetto dei profughi di guerra? Mio padre non ci crederà mai."

Marco si incamminò verso Amanda e diede una manata al tessuto giallo della poltrona. "E il discorso! Giuro che, se un mese fa tu avessi scommesso che avrei ospitato con successo una cena di Stato così importante e che ne avrei tratto una scarica di adrenalina, non avrei accettato la scommessa. Assolutamente no. Ma è stato facile!"

Si stupì prendendo Amanda fra le braccia e facendola vorticare – al diavolo il vestito elegante – nella biblioteca riccamente arredata. Marco rise per quanto era ridicolo quel gesto, quindi si fermò e posò Amanda a terra, continuando a tenerla fra le braccia.

"Principe Marco! Questo non è–"

"Appropriato? Al diavolo la decenza. Tu hai scritto almeno metà di quel discorso, che suonava – che era – come me. Hai fatto in modo che assorbissi informazioni a sufficienza da superare una cena seduto accanto al segretario di Stato americano senza combinare disastri. Grazie a te, ho evitato tutti gli ostacoli che mi sono trovato di fronte e sono riuscito a fare qualcosa che avrei giurato fosse impossibile."

Si aspettava che lei lo rimproverasse, che lo respingesse come aveva fatto quel pomeriggio, ma invece, un sorriso irriducibile le illuminò il viso. Marco chiuse gli occhi per un momento, volendo memorizzare quell'espressione: un misto di gioia senza ritegno e sicurezza. Sicurezza in lui. Amanda credeva in lui e quel sostegno incondizionato la rendeva incredibilmente, irresistibilmente sexy.

"*Tu* l'hai reso facile," aggiunse, ancora sbalordito dalle capacità di Amanda. Era incredibile come lei lo avesse portato al risultato in un periodo così breve. "Non avrei mai potuto farcela senza di te."

Accentuò la presa su di lei, in modo che non potesse scappare, quindi la sollevò da terra per sfiorarle le labbra con le proprie. Prima che potesse trattenersi, schiuse le morbide labbra di Amanda con le sue, assaporando il suo calore e una nota del vino che era stato servito assieme al dessert. Con un gemito, fece scivolare la lingua contro quella di lei in un'antichissima danza erotica che mostrava pienamente la sua gratitudine.

Un sospiro sommesso sfuggì dalle labbra di Amanda mentre ricambiava il bacio, dapprima con titubanza, poi con una passione profonda. Le braccia della donna si strinsero attorno al collo di Marco, i suoi seni premettero contro il petto di lui e, pur sapendo che la donna doveva avere i piedi sollevati da terra, lui non riuscì a convincersi a metterla giù. Amanda era troppo calda e soda contro il suo corpo. Si incastrava troppo perfettamente.

Infine, lei staccò la bocca per bisbigliare: "So che avete detto 'al diavolo la decenza,' ma sappiamo entrambi che questo è un errore. Dobbiamo fermarci. E se vostro padre tornasse dall'inaugurazione all'ospedale? Vorrà vedervi per sapere com'è andata e congratularsi. E voi siete ancora mio allievo. Per il momento, almeno."

Marco la posò, tenendola nel cerchio delle sue braccia. Lei gli mise timidamente una mano sul bavero, ma non lo respinse.

"Non è che non mi piaccia," si affrettò ad aggiungere Amanda. "Cosa che credo sia ovvio. Ma saprete per certo che potrebbero esserci delle conseguenze molto gravi."

La sensazione della piccola mano di Amanda contro il petto, la parte inferiore del corpo di lei ancora premuta contro il suo, evocò un'immagine mentale di come sarebbe stato averla nel letto, intrecciare il corpo al suo, fare l'amore con lei per ore. Marco era certissimo che, allora, lei si sarebbe scrollata di dosso la decenza.

Avendogli apparentemente letto nel pensiero – ancora una volta – Amanda si ritrasse dal suo abbraccio.

"Vostra Altezza–"

"Oh, per amor di… Quando ti deciderai a darmi del tu? E in questo momento, non mi importa di essere interrotto da mio padre. O da chiunque altro." Le parole gli uscirono roche di bocca.

"Ma–"

Marco mollò la presa e si recò alla porta della biblioteca. "Anzi, credo sia ora che sia io a insegnare qualcosa a te. Prima lezione, cara allieva: chiudi la porta quando non vuoi essere interrotta."

Marco fece scattare la serratura, quindi tornò da lei con tre falcate rapide. Le passò una mano lungo il viso, costringendola a incrociare il suo sguardo e a vedere quanto la voleva.

Invece, rimase sconvolto dal desiderio che vide negli occhi di lei.

"Seconda lezione," disse. "Se vuoi qualcosa, il modo giusto di fare è prenderla finché ne hai l'opportunità." Dopo averle fatto scivolare le mani attorno ai fianchi, la sollevò con facilità, fece qualche passo sul tappeto antico della biblioteca e la appoggiò sulla scrivania di ciliegio della sua bisnonna.

"Questo è decisamente *in*decente," obiettò la donna. "E sapete che non posso darvi del tu. Non sarebbe–"

Lui le catturò le labbra con le sue per zittirla. Incuneandosi contro la scrivania in mezzo alle gambe di Amanda, si allungò ad afferrarle l'orlo dell'abito da sera, quindi sollevò il tessuto perlinato abbastanza in alto da accarezzare una coscia perfetta.

Un tacco alto cadde sul pavimento, urtandogli il polpaccio, quindi lui la sentì prendere bruscamente fiato. Ma invece di opporsi, la donna si protese verso le sue spalle e gli strattonò la giacca dello smoking, buttandola per terra. Le mani di Amanda si spostarono sulla sua schiena, le dita che lasciavano scie di fuoco sulla pelle attraverso il tessuto della camicia. Marco avrebbe potuto perdersi in quella donna. Voleva perdersi in lei. Per una volta in vita sua, il rischio di amare una donna non gli importava. Voleva quel momento con Amanda, anche se a esso sarebbe seguita una vita di sofferenze.

La attirò ancora più vicina, in modo che fossero bacino contro bacino, quindi la baciò lentamente e profondamente, godendosi la naturalezza con cui si muovevano insieme. Le depose baci lungo la gola, poi di nuovo sulla bocca sensuale mentre il calore continuava a crescere fra di loro. Le gambe della donna si strinsero attorno a lui, che udì la seconda scarpa cadere a terra.

Non riusciva a saziarsi di lei. Le diede un bacio sulla tempia e inalò il profumo dei suoi capelli, per poi bisbigliare: "Sono affascinato da te dal momento in cui ci siamo conosciuti. Ossessionato da te da quando abbiamo passeggiato per il giardino delle rose la sera del matrimonio di Antony e Jennifer. Ma avevo paura di lasciare che questo accadesse."

Amanda gli aveva infilato le dita fra i capelli, ma le spostò per catturargli il mento fra pollice e indice. Nei suoi occhi c'era lo sguardo velato della passione e il suo respiro giungeva in un ritmo erratico. Il suo sguardo cadde sulla bocca di Marco, quindi lei chiuse gli occhi. "Non dovremmo lasciare che accada. Per diverse ragioni."

Marco attese che lei aprisse gli occhi e guardasse nei suoi, quindi sorrise, sperando di rassicurarla. "Hai visto come è andata questa sera. Forse non ho più bisogno di te come mia tutrice. Forse ho bisogno di te in un altro ruolo."

Amanda sbiancò. "Non ditelo. Jennifer mi ha raccontato che vostro padre ha preso in considerazione l'idea di combinare un matrimonio per voi. E che, quando ve ne ha accennato, voi non avete obiettato. Un matrimonio con una persona più adatta–"

"No," le disse lui. "Assolutamente no. Se mio padre non ha imparato la lezione con Antony, la imparerà ora. All'epoca non mi sono opposto perché non credevo che lo avrebbe fatto davvero e, se anche ci ha provato, non vi ho prestato attenzione. Non mi sembrava un rischio. Ora mi importa. Credo che tu lo sappia. Tu mi capisci e mi anticipi. Mi hai convinto che posso fare più di quello che mi ero permesso di credere." Marco fece una breve pausa, passandole il pollice lungo la mascella, prima di aggiungere: "Sono assolutamente ammaliato da te, Amanda Hutton. Voglio trascorrere del tempo con te. Voglio capirti e avere nel tuo mondo l'importanza che tu hai già nel mio. Questa sera, quando non hai potuto sedere accanto a me durante la cena, me ne sono reso conto di colpo. All'improvviso."

Come spiegare la sensazione di vuoto che aveva provato nel vederla relegata all'estremità del tavolo, come se non significasse nulla per lui? Marco l'avrebbe voluta al proprio fianco, compagna in tutto. Al posto d'onore.

Esalò bruscamente il fiato. "Mi sono sbagliato, Amanda.

Forse certe cose, certe donne, valgono la pena di superare i limiti che ci imponiamo. Valgono il rischio."

Abbassò la testa per baciarla di nuovo, ma Amanda si appoggiò alla scrivania, schivandolo. "Principe Marco–"

"Marco. Per favore."

Lo sguardo di Amanda si posò sul suo petto. Vi allargò le mani e, dopo quello che parve un momento interminabile, le spostò sulle spalle e sollevò il mento. Nello stesso istante in cui lui colse il dettaglio delle sue labbra inumidite dai baci che le aveva dato, le bisbigliò: "Marco."

Quelle due sillabe lo disfecero.

<hr>

AMANDA SAPEVA cosa sarebbe accaduto prima che il nome di Marco lasciasse le sue labbra.

Quando l'aveva usato accidentalmente dopo la scampata caduta sul pontile, lui se n'era accorto immediatamente e l'aveva presa in giro. Non c'era divertimento, ora.

"Vieni con me," disse il principe.

Le dita dell'uomo si intrecciarono alle sue in una presa salda. Lei non oppose obiezioni fino a quando non si trovavano dalla parte opposta della biblioteca rispetto a dove lavoravano di consueto e lui usò la mano libera per scostare una tenda.

Amanda si accigliò, temendo che parlare avrebbe infranto l'incantesimo. Poi, le dita dell'uomo trovarono un punto fra il bordo della tenda e una libreria e lui lo premette.

Amanda udì un *click* provenire dalla parte opposta della libreria. Marco lasciò ricadere la tenda, quindi la condusse lungo la parete dove lei aveva udito il suono. La modanatura, ora, sporgeva di due dita dalla parete. Marco la toccò e l'intera parete si spalancò.

"Una porta segreta? Non lo avrei mai immaginato." Quando viveva in Italia, i suoi genitori l'avevano portata a fare giri di castelli in diversi Paesi. Le guide avevano entusiasmato i visitatori mettendo in mostra gli ingressi dei passaggi segreti, ma lei non ne aveva mai visto uno così ben nascosto.

"Meglio: una scala segreta." Marco accese una luce, quindi la fece entrare, chiudendo la porta alle loro spalle. Mentre salivano, disse: "Porta al corridoio fuori dalla mia residenza e da quella di Isabella."

"Non l'avete usata per venire alle nostre sessioni." Amanda immaginava che gli sarebbe piaciuto moltissimo arrivare in ritardo di proposito per poi uscire dal muro e spaventarla.

"I miei genitori mi hanno dissuaso dall'usarla. Non lo faccio da anni." Marco indicò una lampadina bruciata. "Dubito che lo faccia chiunque. A parte i membri della famiglia, solo il capo della sicurezza sa che esiste. È abbastanza stretta da essere stata esclusa dai progetti senza che nessuno se ne accorgesse."

Arrivarono in cima nel giro di pochi secondi. Dopo aver origliato alla porta, Marco la aprì lentamente e scrutò il corridoio. Si affrettarono a percorrerlo, oltrepassando ciò che lui bisbigliò essere l'ingresso dell'appartamento della principessa Isabella. Il cuore di Amanda le martellava nelle orecchie mentre Marco digitava il codice per aprire un ingresso identico all'estremità del corridoio.

E poi entrarono. Marco non accese la luce. Invece, fece voltare Amanda, le premette il corpo contro il proprio e abbassò la mano per baciarle la gola. La sensazione della bocca calda dell'uomo e delle mani che le avvolgevano la vita era praticamente divina.

La testa di Amanda ricadde all'indietro fino a toccare la parete. Ogni parte di lei lo voleva. Lì, nel buio della sua stanza, dove erano uguali. Dove lei non era la sua tutrice e lui non era un principe.

I denti dell'uomo sfiorarono il punto che aveva baciato, poi la sua mano si infilò sotto le sottili spalline del vestito.

Un sospiro di gioia le sfuggì dalle labbra. La presa di Marco su di lei si accentuò. Lei lo sentì indurirsi contro di lei e all'improvviso avvertì il bisogno di baciarlo. Sollevò la testa e attirò la bocca dell'uomo alla sua per un bacio vorace.

Non poteva durare, ma lei si rifiutava di pensarci in quel momento. Per una volta in vita sua, aveva deciso di spegnere quella parte del cervello che metteva sempre tutto in discussione, che giocava sempre d'anticipo. Avrebbe fatto l'amore con l'uomo che l'aveva ammaliata sul sedile posteriore della Range Rover mentre si recavano a un matrimonio reale e che l'aveva affascinata sempre di più a ogni momento successivo.

Continuando a baciarla, Marco le fece attraversare l'appartamento. Lei non vedeva nulla, ma l'uomo si mosse con sicurezza fino a quando lei non sentì le lenzuola contro le gambe. Marco le diede un ultimo, lungo bacio, quindi si sedette sul letto, attirandola in modo che fosse in piedi fra le sue ginocchia. Un barlume di luce lunare proveniva dalle tende, permettendole di vedere i contorni del viso dell'uomo, ma non la sua espressione. Le mani del principe le accarezzarono i fianchi e lui le abbassò l'altra spallina del vestito, per poi calarlo fino alla vita. C'era un guizzo nella sua voce quando mormorò: "Niente reggiseno."

"È incorporato."

"Una meraviglia moderna."

"Bisogna abbassare la cerniera per sfilarlo ancora."

"Ci penso io."

Poi la bocca di Marco fu sul suo seno, le sue mani fermamente posizionate sulla base della gabbia toracica, che la tenevano ferma mentre il calore la trafiggeva. Era un piacere immenso. Quando lui passò all'altro seno, le sue ginocchia si smossero, intrappolandolo.

Le dita di Amanda si spostarono dalle spalle di Marco al suo colletto. Quel poco di pelle che lei poteva toccare irradiava calore. Trafficò con il primo bottone. "Via questa camicia. Prima di subito."

Avvertì la profonda risata maliziosa dell'uomo contro il

petto. Trascorsero diversi secondi prima che lui la lasciasse per togliersi i vestiti. Amanda guardò col fiato corto, fino a quando egli non arrivò al punto in cui ebbe bisogno di liberarsi i polsi. Dato che lei aveva l'angolazione migliore, se ne occupò velocemente e lasciò cadere la camicia sul pavimento.

Marco era stupefacente persino al buio. Mentre Amanda si protendeva verso di lui, il principe trovò la cerniera in fondo alla schiena e la manovrò fino ad allargare l'abito abbastanza da farlo scivolare a terra.

Prima che lei potesse trarre un altro respiro, lui la attirò a sé, in modo che fossero finalmente pelle a pelle. "Ti voglio dal momento in cui ci siamo conosciuti," mormorò fra un bacio e l'altro. "Sono felice che ci sia voluto fino a questa sera."

L'emozione nella sua voce le fece capire esattamente cosa intendeva. La voleva nel suo letto, ma voleva che fosse una cosa speciale, che avesse un significato. I loro baci e le loro carezze si fecero più feroci, più famelici. Il bacino di Amanda si mosse contro quello di Marco e lui gemette in risposta, per poi voltarla in modo che il suo peso la bloccasse contro il letto.

"Sei fantastico," bisbigliò lei.

"Aspetta e vedrai." Marco si fece strada lungo il suo corpo, baciandole il ventre, per poi scendere più in basso. La liberò dalle mutandine, quindi la baciò di nuovo, passandole il braccio attorno alla coscia. Per poco lei non cadde sul letto quando la sua lingua lo sfiorò, poi i denti, poi di nuovo la lingua.

"Marco."

Lui sorrise contro di lei. "Dillo di nuovo."

Amanda lo fece. Qualche istante dopo, lui si spinse fino a quando la sua fronte non fu a un soffio da quella di lei. Si era liberato dai pantaloni e lei non se n'era nemmeno accorta, da tanto era persa nel desiderio. Averlo nudo sopra di lei le sembrava giusto. Avrebbe tanto voluto che Marco spostasse il bacino, averlo dentro, ma il suo senso di responsabilità penetrò la nebbia. "Prendo la pillola, per cui non rischiamo gravidanze, ma—"

"Sono attrezzato," disse l'uomo, allungando un braccio verso il comodino. Qualche istante dopo, le scostò i capelli dal viso. La fessura fra le tende permise a un sottile raggio di luce di mostrarle l'espressione di Marco. Pura meraviglia. Amanda pensò che le sarebbe scoppiato il cuore. Quell'uomo faceva per lei. Non c'era altro modo per descriverlo.

Si sollevò per dargli un bacio tenero e lento, che sperò trasmettere quell'emozione avvolgente.

Un basso verso di soddisfazione giunse dal profondo della gola di Marco e la sua mano si infilò fra di loro. Un istante dopo, era dentro di lei. Amanda fremette alla sensazione. Il loro bacio delicato si fece passionale mentre una voglia travolgente e primitiva esplodeva in ciascuno di loro. L'uomo si sfilò, quindi si spinse nuovamente dentro di lei. D'istinto, Amanda imitò il suo ritmo. Non c'era alcun imbarazzo, alcun dubbio. Combaciavano alla perfezione. Più tardi, quando la molla tesa dell'orgasmo scattò, lui catturò il suo gemito con un bacio che la sconvolse. Qualche istante dopo, il corpo di Marco tremò fortemente e il suo pugno affondò nel cuscino accanto alla testa di Amanda. L'uomo gemette il suo nome con una potente esalazione prima di crollarle lentamente addosso.

Il cuore di Marco martellava contro il suo. Amanda lo abbracciò nell'immobilità mentre la loro pelle si raffreddava. Con cautela, l'uomo si spostò per giacere accanto a lei, liberandosi velocemente del preservativo prima di stringerla nel suo abbraccio.

Circondata dalle braccia di Marco, dal suo petto, dal suo fiato nei capelli… mai la sua anima si era sentita così in pace e al tempo stesso così piena di fuoco e di gioia. Poté inalare il suo profumo crogiolarsi nella sensazione di lui, molto, molto a lungo.

Anche Marco se ne accorse. Non c'era bisogno che Amanda dicesse le parole per sapere che era vero.

Non sapeva quanto a lungo fossero rimasti avviluppati prima che lui bisbigliasse: "Resta."

Amanda premette la schiena contro il suo petto. Non desiderava altro che restare.

Pur sapendo che non poteva.

CAPITOLO 11

MARCO LE PREMETTE le labbra contro la spalla. Amanda sapeva di paradiso. Lo disse di nuovo. "Resta."

Le dita della donna gli scivolarono lungo l'interno del braccio, facendogli venire la pelle d'oca. "Se lo faccio, tutti sapranno."

Lui sorrise senza sollevare la bocca dal punto che aveva baciato. "Non credo che me ne importi. Questo vale tutto."

La liberazione della risata di Amanda le risuonò nella schiena. Un istante dopo, Marco avvertì il cambiamento in lei.

"La tua mente sta correndo all'impazzata," bisbigliò lui. "All'improvviso, qualcosa ti turba. Che cos'è?"

"Sono così trasparente?"

"No. Ma sembra che ci stiamo conoscendo meglio, per cui–"

Marco sorrise quando lei gli diede un colpetto sulla gamba. Ma doveva sapere cosa avesse provocato quel cambiamento. Mantenne un tono di voce leggero e chiese nuovamente: "Cosa c'è, Amanda?"

"Beh, Marco…" Amanda enfatizzò il modo in cui pronunciò il nome senza il titolo e continuò a trascinargli le dita su e giù lungo il braccio. Prima che concludesse la frase, lui si chiese se avesse bisogno che le dichiarasse la sua adorazione, considerata l'intensità fisica ed emotiva di ciò che c'era stato fra di loro. Più che in qualunque momento della sua vita, lui era pronto a farlo.

"Sì?"

"Quando eravamo in biblioteca, poco prima di salire, hai detto 'certe donne valgono il rischio.'"

"Ho detto che tu vali il rischio."

Amanda si divincolò, ma rimase impassibile. "Di quale rischio stai parlando? Non mi è sembrata la paura che tuo padre disapprovasse me. Mi sembrava una paura che viene da dentro di te. Cosa ti spaventa dal lasciare che le cose accadano fra di noi? O con un'altra donna? Perché è questo quello che ho sentito nella tua frase. Che consideri l'avere una relazione con me come un grosso rischio personale. Quando hai detto che valeva tutto… beh, mi è tornato in mente quello che hai detto in biblioteca."

Per cui, Amanda non stava cercando le parole magiche, il che gliele fece sentire ancora di più. Ciononostante, Marco avrebbe preferito di molto parlare dei suoi sentimenti per lei piuttosto che discutere della morte di sua madre.

"Non è nulla di importante," disse Marco; ma le sue parole non erano convincenti nemmeno alle sue orecchie.

Lei si sollevò su un gomito, quindi rotolò per mettersi di fronte a lui. Inalò a lungo, poi si infilò un braccio sotto la testa e gli appoggiò l'altro sul petto. "Dimmelo comunque."

Avrebbe dovuto sapere che Amanda non gliel'avrebbe fatta passare liscia. "Ti sembrerà spaventosamente ridicolo–"

"Non mi importa."

"Va bene, va bene." Marco levò gli occhi al cielo. Tanto, a un certo punto avrebbe dovuto dirglielo comunque. "Se proprio vuoi la spiegazione strappalacrime, non ho voluto avvicinarmi troppo a nessuno da quando mia madre è morta. Nel profondo di me, una parte aveva paura che anche le altre persone potessero morire. So che non è logico. Ho il sospetto che si tratti di una paura che è stata iniettata profondamente nel mio cervello nei giorni seguenti al funerale. Una difesa evolutiva."

Amanda tacque, permettendogli di rigirare l'intrico dei suoi pensieri fino a quando non fu in grado di spiegare. Alla fine, Marco disse: "Credo sia per questo che non ho obiettato quando mio padre ha proposto un matrimonio combinato. In primo luogo, sapevo di avere del tempo. Lui era molto più preoccupato per Antony. In secondo luogo, sebbene non si possa dire che volessi un matrimonio combinato, sapevo che averne uno avrebbe significato non rimanere mai ferito come lo è stato mio padre alla scomparsa di mia madre."

Marco si costrinse a sorridere, quindi incrociò lo sguardo di Amanda. "Te l'avevo detto che era ridicolo. Nulla di tutto ciò era un pensiero cosciente. Solo una promessa che mi ero fatto: di non finire mai come mio padre. Lui non è più stato in sé per molto tempo dopo la morte di mia madre."

"Non è assolutamente ridicolo."

"A ogni modo, non ti avevo detto che il mio modo per superare le mie paure era di tuffarmi a piedi uniti? Ha funzionato per la cena di questa sera. E ho scoperto che funziona anche in questo caso." Marco passò le mani attorno alla vita di Amanda, stringendo ancora una volta il corpo di lei al suo, quindi le sollevò la coscia per appoggiarsela sul bacino e massaggiò la pelle di seta della gamba in una promessa di dolcezze a venire. "E poi, non mi sembra che tu sia in pericolo di morte imminente. Anzi, so per certo che sei decisamente viva. Voglio vedere cosa il futuro ha in serbo per noi."

Amanda si allontanò nuovamente da lui e, nella luce soffusa, Marco la vide sbattere rapidamente le palpebre, come se stesse raccogliendo le emozioni.

"Amanda?" Marco aveva forse detto qualcosa di sbagliato?

Una sensazione di nausea si diffuse nel suo stomaco e il suo cuore spiccò un balzo. "Non sei malata, vero? Dopo quello che ho detto–"

Lei scosse la testa. "Non è quello."

Un'ondata di sollievo la travolse. "Grazie a Dio. Che succede, allora?"

Amanda sembrava più contraria a vuotare il sacco di quanto lo era stato lui a parlare di sua madre.

"Non può essere così grave, Amanda. Sputa il rospo."

Le dita di Amanda si strinsero le lenzuola. "Mia madre e mia zia–"

Da qualche parte alle spalle di Marco, il suo telefono vibrò sul pavimento. Non se l'era tolto dai pantaloni prima di levarseli.

"Non devi rispondere?"

"No."

Amanda angolò la testa. Prima della regata e prima della cena di quella sera, gli aveva ricordato di spegnere il telefono. Lui le aveva detto che avrebbe vibrato se a chiamare fossero stati i suoi parenti più prossimi o il capo della sicurezza e che probabilmente quelle telefonate sarebbero giunte solo in caso di necessità, dato che tutti loro conoscevano i suoi impegni. Nel caso di qualunque altra telefonata, il telefono non avrebbe emesso suoni.

Quando il telefono smise di vibrare, Marco chiese: "Cosa c'entrano tua madre e tua zia? So che entrambe hanno avuto il cancro. C'è dell'altro?"

Il telefono vibrò di nuovo. Marco imprecò sottovoce. Perché proprio ora? Implorò Amanda: "Cosa c'entrano?"

"Non è il momento. Devi rispondere."

"*Cosa?*" domandò Marco. Aveva capito dalla voce di Amanda che lei stava cercando di non mostrare emozioni, senza successo. "Non toccherò quel telefono fino a quando non avrai parlato. Qualunque cosa ti passi per la testa, è importante."

"D'accordo," disse Amanda. "Vuoi sapere cosa c'è che non va? Sono certo che tu sappia benissimo che certi tumori possono essere ereditari. L'anno scorso mi sono sottoposta a un test del DNA. Si è scoperto che ho lo stesso gene mutato di mia madre e di mia zia. Anzi, ho diversi geni mutati. Il rischio che io sviluppi tumori al seno o alle ovaie è più alto del loro."

Marco avvertì una stretta al cuore. Il terrore doveva essere visibile sul suo volto, perché Amanda proseguì imperterrita: "È per questo che non potrai mai e poi mai avere un futuro con me, Marco. Potrebbe non *esserci* un futuro. Ho altri esami in programma, ma ci sono molte decisioni che devo prendere. Molte di quelle decisioni potrebbero impedirmi di avere dei figli. E anche se prendessi le misure preventive più aggressive di tutte, potrei comunque ammalarmi. È questo che volevi sentirti dire?"

"Amanda–" Il peso schiacciante sul petto di Marco era quasi insopportabile. Non era possibile. Dopo tanto tempo, aveva trovato una donna che poteva davvero *amare*, una persona che lo aveva spinto a riprendere in considerazione la promessa che aveva fatto a se stesso, per poi scoprire… Soffrì per lei. Soffrì per se stesso.

Il suo telefono vibrò di nuovo.

"Deve essere un'emergenza, Marco. Per forza." Amanda esalò il fiato e gli diede una spintarella. "Mi dispiace aver rovinato tutto, ma è… Senti, sembra che le mie emozioni siano incontrollabili al momento. La gente non dovrebbe mai avere conversazioni come questa subito dopo il sesso, perché si dicono cose che non si dovrebbe dire. Fra qualche minuto starò benissimo. Devi rispondere al telefono. Quello è più importante."

Marco imprecò sonoramente, quindi rotolò per andare a cercare il telefono colpevole. "La conversazione non è finita," disse, per poi rispondere, "Sì?"

"Miroslav dice che sei andato in biblioteca con Amanda Hutton dopo la cena." Era Isabella.

"Sì, sto–"

"Sei ancora lì? Ho bisogno di parlarti."

Marco esitò. Non poteva dire di no, oppure Isabella avrebbe insistito per venire nella sua stanza. Sua sorella non lo aveva salutato, né gli aveva chiesto della cena. Doveva essere accaduto qualcosa di grave. "Dove sei?" chiese. Magari avrebbe potuto raggiungerla.

"Sto per uscire dalla mia stanza. Resta dove sei."

Isabella mise giù senza salutare. In quel momento, Marco ricordò che Isabella avrebbe dovuto essere a Venezia. Imprecò ad alta voce.

"Che c'è?"

"Isabella sta andando in biblioteca. Vuole vedermi."

Amanda ebbe un sussulto. "Le mie scarpe sono ancora laggiù. Così come la mia borsa."

Marco raccolse l'abito di Amanda da terra, lo scrollò per assicurarsi che fosse dritto, quindi lo resse per le spalline. "Entra qui. Scenderemo da dove siamo arrivati."

Amanda sollevò le gambe sul letto, si infilò nel vestito e si voltò in modo che lui le allacciasse la cerniera. Mentre Marco prendeva i suoi indumenti e si vestiva, lei ritrovò le mutandine e se le infilò. "Non ci vedrà in corridoio?"

"Sbrigati. Aspetteremo accanto alla porta e, dopo che l'avremo sentita uscire, correremo. Dovremmo arrivare per primi. Lei ci impiegherà molto di più."

Meno di due minuti dopo, Marco aprì la porta segreta e fece entrare Amanda in biblioteca. Mentre lei cercava le scarpe, lui spense la luce della scala e si assicurò che la porta fosse chiusa.

"Vieni," disse mentre la avvicinava. "Guardami."

Dopo che Amanda ebbe infilato i piedi delle scarpe col tacco, lui le sistemò i capelli, quindi diede una rapida occhiata al vestito per assicurarsi che fosse tutto al suo posto.

"Lei capirà–"

"Sei perfettamente in ordine," le assicurò Marco. "E io?"

Si infilò fermamente la camicia nei pantaloni mentre lei lo osservava. "Forse anche troppo."

La porta della biblioteca fece rumore. Marco aveva dimenticato di averla chiusa a chiave.

"Oooops," mormorò Amanda, lanciando un'occhiata in quella direzione.

Lui gesticolò verso la sedia della scrivania e bisbigliò: "Siediti."

"Scusa," aggiunse, per poi attraversare di corsa la stanza e sbloccare la porta, cercando disperatamente di farsi venire in mente una buona spiegazione. Spalancò la porta e si ritrovò a fissare un paio di occhi arrossati.

Capì all'istante che Isabella non aveva bisogno di spiegazioni. Non le importava della porta o del perché potesse essere bloccata.

"*Mi scusi.*[1]" Il volto di Isabella impallidì mentre spostava lo sguardo da lui ad Amanda e poi di nuovo a lui. "Detesto interrompervi, ma devi andare da Federico. Antony non c'è e io–io..."

Marco la guardò nuovamente. L'acconciatura normalmente ordinatissima di Isabella era crollata, lasciando ciocche sciolte a ricadere dallo chignon sul collo e sulle spalle. La giacca del tailleur era tutta spiegazzata sul davanti, come se lei fosse stata curva su una sedia o si fosse stretta qualcosa addosso. Tutto ciò era decisamente atipico.

Marco le strinse il braccio sopra il gomito e la attirò nella biblioteca. "Cos'è successo? Perché non sei a Venezia? Pensavo che non saresti tornata prima di domani, almeno."

Isabella lanciò un'occhiata ad Amanda, quindi riportò lo sguardo su Marco. "Non hai saputo."

"Saputo cosa?"

Sua sorella deglutì così forte che lui lo sentì. "Nostro padre mi ha chiamata questa sera e mi ha detto di tornare subito in elicottero. Si tratta di Federico. Non vuole parlare con nessuno."

Marco trasse un respiro profondo, costringendosi a non scrollare Isabella per costringerla a parlare. Il desiderio di solitudine di Federico non era un motivo per trascinare Isabella a casa da Venezia o per mandarla a correre per il palazzo a cercare Marco nel cuore della notte. "Isabella, *cosa è successo?*"

"Lucrezia." Isabella tirò su col naso. Era la prima volta che Marco le sentiva emettere un suono del genere da quando erano bambini. "Qualche ora fa, mentre tu ospitavi la cena e nostro padre era alla cerimonia di inaugurazione della nuova ala dell'ospedale, lei è morta."

Isabella si strozzò sull'ultima parola, quindi nascose il volto fra le mani.

Morta?

Marco doveva aver sentito male. Lucrezia aveva passato da poco i trent'anni; non era molto più vecchia di lui. Con l'eccezione di una recente serie di emicranie – comprensibile, considerato che stava crescendo due figli maschi molto giovani e attivi – era in perfetta salute. Mangiava bene, ogni tanto andava in vacanza con Federico per gestire lo stress e veniva da una famiglia di appassionati del fitness.

Marco aveva chiacchierato con lei sulle scale appena il giorno prima e non aveva notato nulla fuori posto.

"Lucrezia è morta?" Il suo corpo si intirizzì e la sua mente non riuscì ad assorbire del tutto le parole di Isabella.

Isabella annuì, quindi esalò un lungo respiro e sollevò la testa per guardarlo di nuovo. Stava cercando di non perdere il controllo. "Nostro padre è passato da un'ala del Royal Memorial all'altra quando ha saputo che era stata ricoverata. Lui e Federico sono appena tornati a palazzo. Non conosco molti dettagli. Nostro padre dice che Federico si è rifiutato di parlarne ed è andato subito nel suo appartamento."

"Resterò io con vostra sorella." La voce di Amanda giunse da dietro le spalle di Marco, tranquilla ma rassicurante. Lui non l'aveva nemmeno sentita avvicinarsi. La donna gli mise una mano sulla schiena, guidandolo gentilmente verso la porta. "Fate quello che potete per vostro fratello."

Marco esitò, quindi andò. Prima doveva affrontare l'emergenza. Poi avrebbe pensato.

Marco salì due alla volta i gradini di marmo che conducevano all'appartamento di Federico. Poi percorse il lungo corridoio, oltrepassando la guardia stupita. Di tutti i membri della famiglia, Federico era quello che seguiva gli orari più sobri. I suoi figli, Arturo e Paolo, si alzavano presto e andavano a letto presto, per cui Federico e Lucrezia organizzavano le loro agende attorno a loro. A quell'ora della notte, era raro vedere un ospite, anche se membro della famiglia, avvicinarsi a quell'ala.

Ma Isabella aveva ragione. Federico non avrebbe dovuto restare da solo. I diTalora non erano mai stati gente che voltava le spalle agli altri nel momento del bisogno, soprattutto Federico. Federico preferiva affrontare in privato le difficoltà. Ma che venisse un colpo a Marco se avrebbe lasciato che suo fratello maggiore lo escludesse proprio ora.

"Federico?" Marco bussò alla porta dell'appartamento. Quando giunse il silenzio, chiamò più forte. "*Federico!*"

Trascorse un minuto intero prima che lui udisse quelli che sembravano dei passi dall'altra parte della porta pesante. Ma nessuno rispose, per cui lui bussò nuovamente.

"Sto per andare a letto, Marco. La guardia avrebbe dovuto informarti che mi ero ritirato." Una nota tesa colorava la voce normalmente formale di Federico. "Parleremo domani."

Che uomo cocciuto. Marco provò la maniglia e scoprì che la porta era chiusa a chiave. Ovviamente.

"Marco, per favore–"

"Se non apri questa porta nel giro di un minuto, costringerò Chiara o Miroslav a darmi il codice. Sai che lo farò."

Marco trattenne il fiato, cercando di udire attraverso il legno spesso. Finalmente, la porta si aprì di uno spiraglio. Suo fratello maggiore aveva gli occhi iniettati di sangue e la fronte segnata da rughe di ansia. Indossava un paio di pantaloni gessati color antracite che Marco riconobbe come parte di un completo di sartoria, assieme a una camicia grigio chiaro. Niente giacca. Portava ancora le scarpe. Senza dire nulla, invitò Marco a entrare.

Quando la porta si chiuse, Marco mormorò: "È vero, dunque."

"Ho-ho mandato Arturo e Paolo nell'appartamento di nostro padre. Lui li terrà occupati fino a quando non troverò un modo per dire... per dire loro che..."

Marco attirò Federico a sé e scoprì di dover quasi sostenere di peso il suo sempre controllato fratello maggiore per evitare che rovinasse a terra.

"Non so cosa dire. Sono sconvolto. Mi dispiace tanto, Federico."

"Anche a me," rispose Federico contro la sua spalla, nonostante stesse cercando di raddrizzarsi, di riprendere il controllo delle emozioni. Gesticolò verso i pantaloni. "Avevo sperato di venire a cena, almeno per un po', ma per fortuna sono rimasto qui. Lucrezia non sarebbe mai arrivata in ospedale. Sarebbe rimasta da sola."

Marco sospinse suo fratello nel salotto e lo fece sedere su una sedia. Una volta che Federico fu comodo, Marco andò nel cucinino, trovò un flacone di aspirina e riempì un bicchiere di acqua. Prese la sedia accanto a quella di Federico, mise due aspirine in mano a suo fratello e posò l'acqua sul comodino. Attese mentre Federico ingurgitava l'acqua e l'aspirina. Il fatto che Federico non aveva posto obiezioni la diceva lunga sullo stato d'animo di suo fratello. Normalmente, avrebbe cortesemente rifiutato tanto le pillole quanto l'acqua.

"C'entrava il mal di testa?"

"Ha avuto un aneurisma cerebrale." Federico tacque e Marco

resistette alla tentazione di colmare il vuoto. Il fatto che Federico era lì seduto, di fronte a lui, significava che prima o poi avrebbe parlato. Quando, finalmente, lo fece, fu come se stesse assistendo alla scena con gli occhi della mente e la stesse descrivendo.

"Non ce ne siamo accorti prima che fosse troppo tardi. Questa mattina, Lucrezia mi aveva detto di avere un'altra emicrania – molto forte – ed è per quello che avevo deciso di evitare la cena. Ma poi, oggi pomeriggio, mi ha detto che era peggio del solito e che le sembrava diversa. Mi è bastato guardarla per capire che era qualcosa di grave. Le ho detto che volevo chiamare il suo medico. Mentre cercavo il numero, all'improvviso le è venuta la nausea e ha cominciato a vomitare. L'ho portata subito in ospedale e ho chiamato per avvisare il pronto soccorso." Federico fece una pausa, cercando di controllarsi, poi disse: "Pochi minuti dopo il nostro arrivo ha avuto una serie di crisi."

I suoi occhi si colmarono di lacrime, ma lui le asciugò rapidamente con pollice e indice e scosse la testa, ritrovando la calma. "Le hanno fatto una tac e la stavano preparando per un'operazione di emergenza quando è mancata. Il primario del pronto soccorso ci ha detto che non avremmo potuto fare nulla. È accaduto molto in fretta. Se non lo avessi visto io stesso, non ci avrei creduto." Lo sguardo sofferente di Federico incrociò quello di Marco. "Era così piena di vita, Marco. Così giovane. Più giovane di nostra madre."

Marco si protese nello spazio che li separava per afferrare la spalla di suo fratello. "Non pensare a quello che è successo in ospedale o a nostra madre. Non fa che peggiorare le cose. Pensa all'amore che avete condiviso tu e Lucrezia."

"Ma devo pensare a nostra madre e a come è stato nostro padre dopo la sua morte. E Lucrezia… Non riesco…" Federico si sfregò il pugno contro la fronte. Marco lasciò un momento a suo fratello mentre cercava di levarsi dalla testa i suoi stessi ricordi della loro madre. Immagini di quelle ultime, terribili ore giunsero contro la sua volontà: la visita a tarda notte della sua assistente privata di lunga data, che lo svegliava dal letto con l'ordine di recarsi nell'appartamento dei suoi genitori. Lui che entrava in punta di piedi nella stanza e vedeva il re seduto stoicamente accanto al letto, che centellinava un bicchiere di whisky e borbottava che stava per perdere l'unica persona importante per lui. Sua madre priva di conoscenza e di sensibilità, la pelle afflosciata e grigia mentre respirava così flebilmente che il suo petto si muoveva a malapena. La sensazione di andare alla deriva nei giorni seguenti a quell'orribile notte.

Marco rabbrividì. Tornando a concentrarsi su suo fratello in lutto, chiese: "Cosa stavi dicendo, Federico? Cosa non riesci a fare?"

"Io–" Federico si produsse in una risata vuota, quindi si lasciò ricadere la mano in grembo. "Per una volta in vita mia, non trovo le parole giuste per l'occasione." Esalò il fiato, il corpo che si afflosciava sulla sedia come un palloncino svuotato dell'aria. "Forse è meglio essere diretto."

Il raffinato principe più anziano si guardò attorno nella camera vuota, come se si aspettasse che ci fosse qualcuno a origliare, quindi si voltò verso Marco. "Non ho mai amato Lucrezia. Non l'avevo mai ammesso, nemmeno a me stesso, prima di oggi. Ma è vero. Non la amavo."

"Ma certo che la amavi," obiettò Marco, anche se sapeva che le parole di Federico erano vere e lo aveva sempre saputo. Ma non era il momento perché Federico si fissasse su quel pensiero. "Non puoi–"

"No. Marco." L'espressione di Federico non lasciava dubbi riguardo alla sua sincerità. "Lucrezia e io eravamo fondamentalmente soci in affari. E amici, naturalmente. Cari amici. Ma non la amavo come un uomo dovrebbe amare sua moglie."

Marco scosse la testa. Sotto l'apparenza fredda e composta, Federico aveva un cuore gigantesco. Lucrezia, d'altra parte, gli era sempre sembrata fredda e basta. Il loro era fondamentalmente un matrimonio combinato – una serie di appuntamenti organizzati dei genitori di Federico dalla famiglia di Lucrezia dopo che avevano discusso della compatibilità della coppia – a cui Federico era stato felice di prestarsi. Marco ricordava distintamente quando Federico aveva detto ai suoi genitori, durante una cena, di aver chiesto a Lucrezia di sposarlo e che si trattava di "un buon abbinamento per la nazione." A quanto pareva, non era stato così buono per Federico.

"Perché lo stai dicendo adesso?" chiese Marco. "E perché a me?"

"Senso di colpa, soprattutto." Federico si massaggiò le tempie, come se così facendo potesse cancellare gli eventi della giornata. "E lo sto dicendo te, Marco, perché non riesco a immaginare una condizione peggiore di quella in cui mi trovo adesso. È peggio che piangere una moglie e una madre. Per il resto della mia vita, porterò con me la consapevolezza di averla defraudata."

"Cosa? Perché?"

"L'ho privata della possibilità di trascorrere la sua vita, per quanto breve sia stata, con qualcuno che la amasse completamente. Lei meritava di meglio. Io non posso riparare al danno."

Come poteva Federico pensare una cosa del genere? Era proprio lui quello defraudato. "No, Federico. Tu hai ricoperto un ruolo per cui eri nato, che ti è stato imposto dal dovere. Lucrezia lo sapeva. Anche se tu non la amavi – e forse è vero e forse no – eravate compagni. Ci sono matrimoni che hanno prosperato su basi molto meno solide. E poi, Lucrezia era una donna adulta quando vi siete conosciuti. Ci vogliono due persone per sposarsi."

Marco gesticolò verso una foto incorniciata della coppia sopra il caminetto di Federico. Scattata il giorno del fidanzamento di Federico e Lucrezia, era stata pubblicata da quasi tutti i giornali del mondo. "Ha contratto il matrimonio volontariamente quanto te, consapevole di tutti i pro e i contro. Era felice di far parte della famiglia reale e che tu facessi parte della sua. Amava Arturo e Paolo. Dubito che, anche col senno di poi, avrebbe deciso diversamente. Non pensare mai di averla defraudata."

Federico lanciò un'occhiata alla foto del fidanzamento, quindi sospirò. "Può darsi. Ci sono sempre persone che vorrebbero vivere una vita del genere. Ma questo non lo rende giusto."

Marco lanciò un'occhiata all'anello con sigillo che Federico portava sempre, quello che suo padre gli aveva consegnato il giorno del suo diciottesimo compleanno. Federico aveva fatto il suo dovere di membro della famiglia reale e ne era orgoglioso. Gli calzava a pennello. Cosa poteva esserci di sbagliato? Fin dalla nascita, i giovani diTalora si erano sentiti dire che il loro dovere nei confronti dei loro sudditi era più importante di qualunque desiderio personale. Le loro vite appartenevano a coloro che governavano; avevano scelte limitate riguardo ai loro destini. Federico aveva onorato quella lezione, mantenendo sempre un tono formale, sposando una persona proveniente da una famiglia rispettata e dalle radici profonde a San Rimini, generando eredi, partecipando a funzioni di Stato... il tutto trascurando completamente le sue necessità.

Federico, fra tutti, non avrebbe dovuto incolparsi per le scelte che aveva fatto. Soprattutto, non ora. C'erano stati molti giorni in cui Marco aveva pensato che la sua vita sarebbe stata più facile se avesse potuto seguire il sentiero tracciato come faceva Federico.

"So che può essere difficile da credere," disse infine Marco, "e forse sono crudele a dirlo adesso, ma hai fatto quello che in quel momento era giusto per te. A lungo andare, te ne renderai conto. Ti renderai conto che è stato meglio non amarvi, ma essere amici e compagni e genitori. Riuscirai ad affrontare meglio la sua morte e aiuterai i tuoi figli a superarla meglio di quanto ha fatto nostro padre."

Gli occhi di Federico brillarono dal disgusto. "E questo, Marco, è il motivo per cui mi sono confessato proprio con te."

Marco ritrasse di scatto la testa. "Non capisco."

Federico lo trafisse con un'occhiata d'acciaio. "Perché hai sempre avuto la certezza di poter evitare il dolore evitando l'amore. Non è così. Non sarà mai così. Il dolore fa parte della vita. Non amare lo rende peggiore."

Federico scosse la testa, quindi sbatté la mano contro il bracciolo della poltrona e si alzò, la schiena rigidissima mentre si recava all'estremità della stanza. Si passò una mano sul mento, quindi si voltò verso Marco.

"Credi che io non soffra? Soffro spaventosamente. Anche se fossi meglio preparato di nostro padre ad aiutare i miei figli – e non ne sono sicuro – non sarà facile. Loro amavano la loro madre quanto noi amavamo la nostra."

"Non ne dubito. Ma tu sei più forte, Federico. L'ho sempre saputo e lo sanno anche i tuoi figli. Sanno di poter contare su di te."

"Ma cosa accadrà il giorno in cui scopriranno i miei veri sentimenti nei confronti della loro madre? Che accadrà quando avranno sei anni o trentasei? Si risentiranno meno di quanto tu ti sei risentito per il modo in cui nostro padre si è chiuso in se stesso nei giorni successivi alla morte di nostra madre?" Federico rise sarcastico. "Non credo. Anzi, penso che sarà peggio. Molto peggio."

Federico prese uno spesso volume rilegato in cuoio da un tavolino vicino. "Questo è il mio album di nozze. È molto importante per me, ma lo sarebbe ancora di più se avessi davvero amato Lucrezia. Guarda queste fotografie, Marco. Guardale bene. Poi pensa alle fotografie che riempiranno l'album di Antony e Jennifer. Pensa a cosa vedranno i miei figli quando saranno abbastanza grandi da guardare questi album l'uno accanto all'altro."

"Federico–"

Federico lasciò cadere il pesante album nel grembo di Marco. "Ti trovi a un bivio. Ora che sei a casa, hai delle decisioni da prendere. Che direzione vuoi che prenda la tua vita? Quale approccio sceglierai nell'intraprenderla? Quando ti sposerai, vuoi davvero avere un album come il mio da condividere con i tuoi figli, quando hai a portata di mano qualcosa di potente come ciò che condividono Antony e Jennifer?"

Marco fece per obiettare, ma esitò. "Di cosa stai parlando? Che cosa ho a portata di mano?"

"Amanda Hutton, forse."

Marco passò una mano sopra l'album di Federico. "Non è così."

Ma anche mentre negava, sapeva che era vero. Amava Amanda. Era trascorso meno di un mese dal loro primo incontro, ma lui lo sapeva. Quella sera, quando l'aveva vista seduta all'estremità del tavolo durante la cena e poi quando avevano condiviso il suo letto, aveva finalmente capito cosa aveva spinto Antony a correre certi rischi per sposare Jennifer. Ma Marco non era sicuro di poter spiccare il balzo che aveva spiccato Antony. Saltare giù da aeroplani, scalare scogliere, sciare fuori dalle piste… i pericoli a cui Marco era stato disposto a esporsi nel corso degli anni impallidivano rispetto al pensiero di dare il suo cuore ad Amanda, soprattutto considerato ciò che lei gli aveva detto quella notte.

Potrebbe morire.

"No, Federico," ribatté. "Anche dando per scontato che fossi perdutamente innamorato di Amanda Hutton – e non sto assolutamente dicendo che lo sono – non potrebbe mai funzionare. Non per me."

Federico sorrise per la prima volta, quella sera. "Sono passato di fronte alla biblioteca diverse volte nelle ultime settimane. Ho visto come la guardi, Marco, quando credi che nessuno ti osservi. Non ti avevo mai visto guardare in quel modo un altro essere umano. Eppure, ti comporti come se fosse sbagliato per te provare queste emozioni. Perché hai tanta paura?"

"Non è il caso di parlare di Amanda, adesso. Hai altre cose–"

Federico incrociò le braccia. "Hai idea di quante persone vogliano assumerla, Marco? Dopo che Lucrezia ha saputo che Amanda lavorava con te, mi ha detto che avremmo dovuto pensare di assumerla per Arturo e Paolo una volta conclusi i suoi obblighi nei tuoi confronti. Ho inviato un messaggio a nostro padre e gli ho chiesto se ne potessimo parlare, ma lui mi ha risposto che diversi amici del padre di Amanda hanno saputo del suo impiego qui e hanno chiesto se lei fosse disponibile in futuro. Ciascuno di loro aveva già preso in considerazione di assumerla, a quanto pare, ma ora, con il nome diTalora nel suo curriculum, hanno finalmente preso la decisione di procedere."

Marco non era stupito, considerate le capacità di Amanda. Ma non capiva perché Federico glielo stesse dicendo.

La sua confusione doveva essere visibile, perché Federico fece una smorfia di esasperazione. "Se credi di avere tutto il tempo del mondo per decidere se sei in grado di dare te stesso ad Amanda, ti sbagli. Cogli l'occasione che ti si è presentata. Ora. Se non lo farai, lei se ne andrà e tu non riuscirai a riprendertela. Lo prenderà come un segno di disinteresse." Federico gesticolò verso il pesante libro nel grembo di Marco. "Se seguirai la mia strada, non starai meglio di come stavo io il giorno del mio matrimonio. O di come sto adesso."

Marco si alzò, stringendo con cura l'album di Federico. "Apprezzo il pensiero, Federico, ma tu non capisci–"

"Capisco benissimo. Tu hai paura dell'amore e ne hai sempre avuta. Considerato quello che è successo ai nostri genitori, non ti biasimo. Ma vedila così: cosa avrebbe voluto che facessi nostra madre?"

"Non è una domanda legittima."

"No?" Suo fratello gesticolò verso la porta. "I prossimi giorni saranno un turbine. Vai nella tua stanza, dormi un po' e pensa a quello che ti ho detto. Io devo vedere come stanno i bambini."

La tensione nella mascella di Federico diede a Marco la sensazione che suo fratello non avrebbe tollerato ulteriori discussioni. Sfiorò con le dita il cuoio ricco dell'album nuziale di Federico, quindi lo offrì a suo fratello.

Federico rifiutò con un gesto. "Portalo nel tuo appartamento. Verrò a riprendermelo quando sarò in grado di guardarlo di nuovo. Fino ad allora, potrebbe essere più utile a te." Gli sfuggì una risata sommessa e colma di auto-deprecazione. "Forse riuscirai a redimere, in modo molto parziale, i miei errori, non ripetendoli tu stesso."

Marco dubitava che avrebbe trovato l'album anche solo minimamente utile, ma non voleva aggiungere ulteriore stress alla notte di angoscia di suo fratello mettendosi a discutere.

"D'accordo." Afferrò per un attimo il braccio di Federico. "Chiamami se hai bisogno di me."

"E tu chiamami se hai bisogno di me."

Marco uscì dall'appartamento di Federico, quindi percorse i corridoi vuoti fino a quando non raggiunse l'ala di suo padre. Mentre oltrepassava la guardia e si avvicinava alla porta, vide che era aperta. Il vestibolo era buio, ma la luce filtrava in esso dalla grande sala più in là. A quanto pareva, suo padre aveva sperato che Federico sarebbe venuto. Poi Marco udì la morbida cadenza della voce di Isabella, che stava leggendo una fiaba ai figli di Federico. Seguì poi la risata dei ragazzi, che spinse Marco esitare.

Quella notte non c'era nulla che lui potesse fare per Arturo e Paolo. Si guardò alle spalle, dubbioso, guardando al di là della guardia che sorvegliava il corridoio fino a quando l'uomo non inclinò perplesso la testa.

"Principe Marco, *va bene*?"

Lui esalò un respiro profondo. "No, non va bene per niente. Ma ne usciremo. Ne usciamo sempre."

La guardia annuì e Marco si incamminò verso il suo appartamento. Senza riflettere, fece il giro largo, bisognoso di riflettere e di sgranchirsi le gambe. Arrivato al pianterreno, entrò in un lungo corridoio di marmo nella parte posteriore del palazzo. Le file di porte e finestre che si aprivano sul giardino lo chiamavano. Dopo essersi infilato l'album sottobraccio, si voltò e uscì nella notte.

CAPITOLO 12

AMANDA ASCIUGÒ la solitaria lacrima calda che aveva lasciato una scia lungo la sua guancia.

L'intera famiglia diTalora era sconvolta e in lutto per la principessa Lucrezia e, l'indomani, l'intera nazione avrebbe fatto lo stesso. Amanda non godeva di quel lusso. La famiglia reale era stata molto accogliente nei suoi confronti, ma cedere alla tristezza per ciò che loro avevano subito significava che non sarebbe mai riuscita a fare quello che doveva fare.

Aprì con uno strattone il primo cassetto del cassettone dal piano di marmo, quindi tirò fuori i suoi vestiti e li buttò nel mucchio sempre più alto nella valigia, senza più curarsi di evitare che si spiegazzassero o di piegarli in un ordine particolare.

Non piangere. Prendi i calzini. Non piangere!

Ripulì il piano del cassettone con una spazzata, guidando la spazzola e un mascara oltre il bordo di marmo e nella trousse già stracolma.

Mentre recuperava le scarpe dal fondo dell'armadio, le immagini della serata le balzarono a tradimento nella mente. Il corpo magro e muscoloso di Marco che faceva voltare le teste al suo ingresso nella sala da ballo con il portamento di un vero principe. L'occhiata che le aveva lanciato mentre parlava con Eliza Schipani. Il brivido scatenato del successo nei suoi occhi mentre distraeva il corpulento ministro greco, scongiurando una possibile discussione.

I baci caldi e intimi che le aveva dato in biblioteca. La pressione delle sue dita allargate sul seno prima che lui le passasse la lingua sul capezzolo. La sensazione del suo fiato sulla pelle mentre le esplorava il corpo.

L'espressione rapita sul suo viso prima che la penetrasse.

Amanda avvampò al solo pensiero di quell'espressione, seguita dalla bocca di lui che precipitava incontro alla sua. Si fermò e chiuse gli occhi, ricordando la sensazione della mano dell'uomo che si infilava fra di loro e il brivido quando egli aveva raggiunto il piacere. Il modo in cui l'aveva stretta a sé dopo, mentre entrambi assaporavano il residuo di ciò che avevano condiviso.

Amanda imprecò e infilò le scarpe nella tasca laterale della valigia. Per quanto intimo fosse stato il momento, non poteva curare i dubbi di Marco. Amanda capiva la sua espressione devastata quando egli si era reso conto di ciò che lei gli aveva nascosto e il suo puro orrore quando la notizia portata da Isabella gli aveva rivelato quanto poteva essere fragile la vita. Amanda contorse il braccio dietro la schiena per abbassare la cerniera dell'abito da sera, si sfilò le spalline e lasciò che il peso delle perline trascinasse l'indumento a terra. L'abitudine la spinse a infilare le cinghie nelle fessure appropriate dell'appendino giunto con il ricco indumento, ma la frustrazione la spinse a ficcarlo nell'armadio con meno cura del solito.

Dopo aver verificato di non aver dimenticato nulla, Amanda si infilò il tailleur nero con pantaloni più comodo che aveva, quindi scrisse un breve biglietto per Isabella, ringraziandola per i completi che le aveva prestato nei suoi primi giorni a palazzo e reiterando il dispiacere per la morte di Lucrezia. Attaccò il biglietto con del nastro adesivo a uno dei completi della principessa, ancora appesi in una fila ordinata a un'estremità dell'armadio, per poi chiamare il servizio lavanderia e chiedere che un valletto venisse a prelevare e restituire i tailleur della principessa in mattinata.

Isabella avrebbe potuto aver bisogno di quello nero per gli eventi relativi al funerale di Lucrezia.

La principessa si era ripresa poco dopo che Marco aveva lasciato la biblioteca, almeno quanto bastava per spiegare che Lucrezia era morta per la rottura di un aneurisma. La morte era stata completamente improvvisa e i medici avevano detto a Federico che, anche se fosse arrivato prima all'ospedale, probabilmente sarebbe stato impossibile salvare la donna.

Poi Isabella era uscita dalla stanza, con l'intento di trascorrere la notte con i figli di Federico, ora orfani di madre.

Amanda lasciò ricadere il suo corpo stanco sul letto, seduta piuttosto che sdraiata, perché temeva che si sarebbe addormentata se avesse appoggiato la testa sul cuscino. O peggio ancora, che avrebbe pianto. Per quanto l'improvvisa e tragica morte di Lucrezia la intristisse, fu l'espressione sbalordita sul volto di Marco quando aveva voluto sapere della sua salute a far sì che i suoi occhi si colmassero di lacrime calde.

Le ultime quarantott'ore erano state una montagna russa emozionale e lei si detestava per aver permesso che tutto ciò la sopraffacesse.

Si sfregò i palmi contro gli occhi, sporcandosi le mani di mascara. Accidenti. Ora avrebbe dovuto rifarsi il trucco.

Concentrati. Concentrati. Concentrati.

Doveva lasciare San Rimini.

Afferrata la cerniera della valigia, la chiuse da cima a fondo, imprecando quando un pezzo di stoffa rimase impigliato. Invece di liberare la camicetta colpevole, tuttavia, Amanda tirò la cerniera così forte che la strappò.

Doveva lasciare il palazzo in serata. Prima che re Eduardo potesse impedirglielo. Prima che Marco potesse impedirglielo.

Nei momenti precedenti alla telefonata di Isabella, qualcosa era cambiato in Marco. Qualcosa in ciò che provava per lei. Fino a quel punto, l'intera serata poteva essere riassunta in una parola: magia. Avevano condiviso qualcosa di importante, qualcosa che andava ben oltre il sesso.

Poi Amanda aveva liberato le sue paure in un'esplosione di emotività, rivelando a Marco la singola informazione che gli avrebbe fatto più male di tutto. E a giudicare dall'espressione del principe, le parole di Amanda avevano spazzato via qualunque speranza di un futuro.

Perdiana, lo aveva detto lei stessa. Era possibile che non lo avesse, un futuro.

Le tremavano le mani quando afferrò il telefono e chiamò il servizio prenotazioni di Air France. Per quanto si odiasse per aver condiviso con Marco la sua storia medica, aveva fatto la cosa giusta. Lei e Marco non avrebbero potuto dare inizio a una relazione sentimentale se ci fossero stati dei segreti fra di loro e quello era un segreto che lui non poteva affrontare. Non dopo che le aveva parlato schiettamente delle sue paure.

"Pronto." Si costrinse a usare una voce allegra quando un agente le rispose. "Vorrei prenotare un posto sul primo volo disponibile da San Rimini a Washington. Se non ci sono voli in partenza da San Rimini in giornata, va bene anche da Venezia a Washington. Avete qualcosa per questa mattina?"

Ascoltò per un momento, sbattendo le palpebre per tenere sotto controllo le lacrime. "Sì, certo. Resto in attesa. Grazie."

Sperò che l'agente non potesse udire la sua agitazione. Avrebbe preferito prenotare on-line, ma la finestra delle prenotazioni mattutine era chiusa. Se c'era spazio su un volo, lei voleva prenderlo e ciò significava chiamare.

Camminò avanti e indietro per la stanza mentre aspettava, cercando di mettere ordine fra le sue emozioni confuse. Forse

Marco avrebbe potuto convivere con la consapevolezza che lei aveva una storia di famiglia importante di cancro al seno. Aveva acquisito sicurezza in se stesso da quando lei era arrivata. Aveva accettato il proprio ruolo nella famiglia reale e imparato che era in grado di stare in piedi da solo. Nel farlo, aveva cominciato a superare le sue paure riguardo all'intimità. Lo aveva detto in biblioteca, quando aveva bisbigliato ad Amanda che per lei valeva la pena rischiare.

Ma che effetto avrebbe avuto su di lui la morte di Lucrezia? Vedere il dolore di Federico per aver perso un coniuge così presto gli avrebbe provocato un ripensamento, se già non lo aveva fatto?

Che cosa avrebbe pensato se Amanda avesse optato per un'operazione preventiva? E se non lo avesse fatto, cosa sarebbe accaduto il giorno in cui lei avrebbe scoperto un nodulo nel petto e avrebbe appreso che era maligno? O, d'altra parte, quando le avrebbero diagnosticato *qualunque* male potenzialmente mortale? Dopo aver perso la madre in un momento di transizione della vita – e dopo aver visto Federico perdere Lucrezia così bruscamente – Amanda poteva aspettarsi che Marco trovasse la forza di assisterla durante la chemioterapia o la radioterapia, come suo padre aveva assistito sua madre?

Oppure Marco si sarebbe chiuso in se stesso, credendo che Amanda sarebbe morta e lo avrebbe lasciato solo un'altra volta?

Amanda deglutì faticosamente e fissò il soffitto. Che disastro. Stava pensando troppo e troppo in là in un futuro nebuloso. Ciò non faceva altro che turbarla senza che fosse necessario.

"Viaggia da sola?"

Amanda strinse gli occhi alla domanda dell'agente. "Sì."

"In tal caso, posso farla partire questa mattina. Abbiamo un volo per l'aeroporto di Dulles con scalo a Parigi. Al momento è pieno, ma posso metterla in lista di attesa, perché diversi passeggeri non hanno dato conferma. Il volo parte da San

Rimini fra tre ore. Dato che si tratta di un volo internazionale, è richiesto di fare il check-in con due ore di anticipo." L'agente le disse il prezzo, quindi chiese che intenzioni avesse Amanda.

Lei si guardò attorno nella stanza che era diventata la sua casa nelle ultime settimane. Andarsene avrebbe significato non avere la minima possibilità di un futuro con Marco. Nessuna. Per una frazione di secondo, lei si chiese se fosse il caso di aspettare e vedere. Di correre un rischio, di vedere come l'uomo avrebbe affrontato la situazione una volta che gli eventi delle ultime quarantott'ore – e in particolare delle ultime otto – avrebbero fatto presa ed entrambi avrebbero potuto analizzare con calma la situazione.

"Pronto?"

A lungo andare, gli farei solo del male.

"Posso essere in aeroporto fra meno di un'ora." Diede all'agente i suoi dati personali e le informazioni di pagamento, si appuntò il codice di conferma del volo e mise giù.

Quella sera, Marco aveva dimostrato a se stesso di essere in grado di affrontare le proprie responsabilità regali. Aveva ipotizzato di non aver più bisogno delle lezioni di Amanda. E a giudicare da come se l'era cavata alla cena, aveva ragione. A quel punto, poteva imparare da solo, provando e riprovando. Se Amanda fosse rimasta, lo avrebbe fatto per motivi egoistici, e non poteva fare una cosa del genere a Marco dopo tutto quello che lui aveva sopportato.

Le donne vicine a Marco diTalora lo abbandonavano morendo. Lei non voleva fare lo stesso.

MARCO IMPRECÒ SONORAMENTE mentre i primi raggi del sole mattutino illuminavano il giardino delle rose di palazzo. Sfiorò con un dito una foglia, rimuovendo la rugiada mattutina mentre le parole di Federico gli rimbalzavano nel cervello.

Non era pronto ad affrontare un nuovo giorno. Non ancora.

Aveva vagato senza meta lungo le file di bosso e di rose dopo aver lasciato la stanza di Federico, permettendo alle sue emozioni accalorate di raffreddarsi. Aveva appena cominciato a pensare di entrare e provare a dormire quando aveva svoltato un angolo e si era trovato di fronte al pergolato dove lui e Amanda si erano soffermati la sera del matrimonio di Antony e Jennifer. Incapace di costringersi a camminare sotto l'arco coperto di rose, si era voltato e si era recato a una vicina panchina, lasciandosi cadere su di essa con un tonfo.

Per almeno un'ora, forse due, era rimasto lì seduto, respirando l'aria fresca mentre la sua camicia assorbiva gradualmente l'umidità del legno della panchina. Nel mentre, il peso dell'album nuziale che aveva in grembo gli ricordò le parole di suo fratello.

Hai sempre avuto la certezza di poter evitare il dolore evitando l'amore.

E poi, il colpo di grazia. *Non avere l'amore lo rende peggiore.*

Lui amava Amanda. Lo sapeva con una certezza assoluta. Ma amare Amanda avrebbe potuto significare affrontare nuovamente la sofferenza degli ultimi giorni di sua madre.

D'altra parte, Marco avrebbe potuto trascorrere i mesi o gli anni a venire in una relazione meravigliosa con lei. Viaggiando insieme. Parlando degli eventi della giornata. Facendo l'amore.

E in un soleggiato pomeriggio d'estate, sarebbero potuti andare in via Vespri a prendere un gelato e lui avrebbe potuto finire investito da un autobus turistico.

"Porca miseria!" borbottò ad alta voce.

"Vostra Altezza? C'è qualcosa che posso fare per aiutarvi?"

Marco fissò Filippo, che si stava avvicinando lungo il sentiero di ghiaia. Avrebbe dovuto sentire l'avvicinarsi dell'autista, ma la sua mente era stata troppo fissata su una certa bruna.

Filippo fece un rapido inchino. "Chiedo scusa se vi ho colto alla sprovvista, Vostra Altezza. Sono arrivato in anticipo e pensavo di bere il caffè nel giardino delle rose." Sollevò un grosso thermos. "Vi lascio in pace."

"Siediti, Filippo. Se non ti dispiace, un po' di compagnia mi farebbe bene."

Un'espressione sconvolta attraversò il volto di Filippo di fronte a quella richiesta eccezionale. "Naturalmente, Vostra Altezza. Sono onorato. Gradite che vi porti del caffè?"

"È l'ultima cosa di cui ho bisogno, questa mattina."

Filippo annuì, quindi prese posto accanto a lui.

"Posso chiedervi che cosa avete in mano?"

"Ah." Marco abbassò lo sguardo, ricordandosi del grosso volume rilegato in cuoio. "L'album di nozze del principe Federico."

Filippo bevve un lungo sorso di caffè. "Ho saputo quando sono arrivato. Vi porgo le mie condoglianze."

Marco rivolse un mezzo sorriso al suo autista. "Ti ringrazio. Mi sento malissimo per Federico e per i ragazzi. Non sarà facile."

Filippo annuì.

I due rimasero seduti senza parlare fino a quando un'auto solitaria non percorse lentamente il vicino viale del giardino, disturbando il silenzio mentre usciva dall'ingresso posteriore del palazzo. Normalmente, l'auto e il suo occupante avrebbero incuriosito Marco. Nessuno usciva dal palazzo così presto e la maggior parte del personale in servizio di giorno non sarebbe arrivata ancora per un paio d'ore. E anche allora, pochi avevano il permesso di guidare su quella strada. Ma con la morte di Lucrezia, era probabile che qualche medico o i membri del personale di Federico stessero facendo orari bizzarri.

Filippo guardò a sua volta nella direzione del suono, poi si voltò verso Marco e si strinse nelle spalle. Dopo un po', chiese: "Vi dispiacerebbe se dessi un'occhiata all'album, Vostra Altezza? Non l'ho mai visto."

Marco esalò il fiato. "Sai una cosa, Filippo? Neanch'io. Federico me lo ha dato ieri sera e mi ha detto che dovevo vederlo."

Filippo inarcò un sopracciglio cespuglioso. "Forse, allora, questo è il momento giusto. E poi," aggiunse, gesticolando verso il cancello posteriore, "mancano solo venti minuti prima che inizi il mio turno."

Ora che la luce del giorno aveva cominciato a baciare le sommità degli alberi, Marco si rese conto che Filippo non era l'unico che sarebbe passato per il giardino.

Passò un palmo sulla copertina dell'album. Aveva rimandato per tutta la notte. Si era detto che non c'era motivo di guardare.

Ora o mai più.

Marco aprì la copertina per rivelare la prima pagina. Poi voltò quella successiva. Filippo non disse nulla mentre Marco si prendeva il suo tempo, studiando una alla volta le foto familiari nella luce soffusa del primo mattino, ma vedendole con occhi nuovi.

Mentre le campane del Duomo suonavano l'inizio di un nuovo giorno, Marco voltò delicatamente l'ultima pagina.

Appoggiandosi allo schienale freddo della panchina, chiuse gli occhi stanchi, lasciando che i profumi complessi del giardino e il suono delle campane che riecheggiava fra le colline colmassero i suoi sensi.

Da bambino, mentre suo padre incontrava i rappresentanti della Chiesa, Marco si era divertito a partecipare alle visite al Duomo e ad ascoltare i preti che raccontavano storie del passato della cattedrale. Riusciva a immaginare il vecchio campanaro che saliva gli scricchiolanti gradini di legno che portavano alla torre, confrontando il grande orologio con quello che portava al polso una volta raggiunta l'alta balconata interna, per poi tirare le corde che facevano suonare le antiche campane.

Proprio come faceva a ogni tramonto. Proprio come faceva ogni sabato sera e due volte la domenica, per chiamare i fedeli al santuario. E proprio come faceva per annunciare la celebrazione di un matrimonio.

La panchina si mosse sotto di lui, spingendo Marco ad aprire gli occhi.

Filippo svitò il tappo del thermos mentre si alzava. "Grazie per aver condiviso l'album con me, Vostra Altezza. Le campane del duomo ci spingono a guardarci dentro, vero?"

Marco sferrò un calcio alla ghiaia sotto la panchina, quindi chiese al suo autista: "Dimmi, Filippo. Come fa un uomo con le capacità di un pilota di Formula 1 a possedere anche una saggezza simile?"

"Non credo che sia questo il mistero su cui dovreste riflettere questa mattina, principe Marco." Filippo estrasse un berretto di lana dalla tasca, quindi se lo mise in testa. "Se avete bisogno di me, sarò al mio posto."

Ciò detto, l'autista si voltò e si incamminò verso l'ingresso posteriore, soffermandosi per un attimo a inclinare il thermos e svuotarlo delle ultime gocce prima di riavvitare il tappo.

Con ancora nella mente l'immagine del pacifico interno grigio della cattedrale, Marco si alzò e si sgranchì le gambe, i muscoli irrigiditi dalle ore trascorse sulla panchina. Dopo averli sciolti, si voltò verso il palazzo, l'album sottobraccio, e calpestò la ghiaia scricchiolante fino a raggiungere il pergolato. Allungata la mano libera, sfiorò una delle rose gialle sopra la sua testa.

Mentre accarezzava il bocciolo setoso, capì cosa doveva fare. Ammise a se stesso ciò che doveva aver saputo, almeno a livello istintivo, sin dalla prima volta in cui aveva baciato la mano e il polso di Amanda proprio lì, sotto il pergolato.

Nessuna donna gli aveva mai fatto l'effetto che gli faceva Amanda. Non importavano i rischi, non importavano le sue paure, lui non poteva avere una relazione con una donna che non amava. Non solo era una soluzione da codardo, ma alla fine gli avrebbe provocato un dolore che non aveva mai provato in vita sua.

E perdere Amanda... era impensabile. Lei gli riempiva l'anima. Marco era disposto ad affrontare qualunque demone, a fronteggiare qualunque nemico – persino la morte – se ciò significava condividere anche solo un giorno della sua vita con lei.

Trovò un punto riparato sotto il pergolato e posò l'album di Federico. Si tastò la tasca per assicurarsi che il coltellino svizzero non gli fosse caduto quando si era levato i pantaloni nella sua stanza e fu lieto di trovarne gli spigoli familiari. Lo estrasse e tagliò i fiori migliori del pergolato, posando con attenzione ciascuno stelo sulla ghiaia mentre lavorava. Quando arrivò ad averne una dozzina, richiuse il coltellino, raccolse i fiori e l'album, quindi si incamminò verso le cucine del palazzo.

"Ti sei svegliato presto."

Isabella lo colse alla sprovvista quando lui aprì la porta dell'enorme spazio di lavoro. Nonostante fosse rimasta sveglia fino a tardi, sua sorella era ordinata come sempre, seduta a uno dei piani di acciaio inossidabile su uno sgabello usato spesso da uno degli chef e con addosso il suo tailleur color caffè preferito. Lo squadrò, quindi indicò i pantaloni e la camicia spiegazzati. "O forse non hai dormito affatto."

"Come dicono gli americani, bingo."

"Nemmeno io ho dormito." Isabella si allungò ad aprire il grosso scaldapane all'estremità del piano e tirò fuori un panino. Glielo offrì. "Hai fame?"

"Da lupi. Ma prima devo trovare un vaso."

"Credo che ce ne siano alcuni laggiù." Isabella inclinò la testa verso un grosso armadietto nell'angolo. Marco trovò un vaso di cristallo trasparente di Baccarat dalle decorazioni minime, perfetto per Amanda, e lo portò al lavandino. Dopo averlo riempito d'acqua, dispose le rose al suo interno.

Soddisfatto, si voltò verso sua sorella, afferrò al volo il panino che lei gli lanciò e diede un morso.

"Immagino che quei fiori non siano per Federico."

Marco appoggiò un fianco al piano, quindi deglutì. "No. Ma ho intenzione di inviargli una composizione più tardi. E dovrò pensare a qualcosa da fare per i ragazzi."

Sua sorella fissò i fiori. "Capisco." Abbassato lo sguardo, inclinò la testa verso il piano dove lui aveva posato l'album di Federico quando era entrato in cucina e inarcò un sopracciglio.

"Federico me lo ha lasciato per un po'. Non credo che sopportasse di vederlo."

"Voleva che *tu* lo guardassi."

Marco diede un altro morso al panino, quindi incrociò lo sguardo complice di Isabella. "Te lo ha detto, vero? In questa famiglia nessuno sa tenere un segreto?"

La bocca di sua sorella si inclinò in un mezzo sorriso. "L'ho visto prima che andasse a letto. Subito dopo che tu lo avevi lasciato, immagino." Isabella sospirò e il suo sorriso svanì mentre entrambi mangiavano i loro panini e pensavano a Federico.

Fu Isabella a rompere per prima il silenzio. "Credo che Federico abbia ragione. Non so esattamente cosa stesse succedendo fra te e Amanda quando vi ho interrotti in biblioteca ieri sera. Ma devi sapere che lei—"

"Amanda," bisbigliò Marco. Gli si asciugò la bocca e il suo stomaco si serrò mentre fissava il completo di Isabella. Perché non se ne era reso conto quando era entrato in cucina? Perché Isabella non aveva detto qualcosa nel momento in cui lo aveva visto?

"Se n'è andata." Quella di Marco era un'affermazione, non una domanda. "Quello è uno dei tailleur che le avevi prestato, vero?" Quello che Amanda indossava quel primo giorno in biblioteca. Marco ricordava come la ricca sfumatura di marrone metteva in risalto gli occhi nocciola della donna.

"L'ho trovato appeso alla porta questa mattina, assieme al resto dei vestiti che aveva preso a prestito. Tutti puliti, con un biglietto di ringraziamento. Ma non ha detto di volersene andare. Perché dovrebbe? Pensavo che nostro padre l'avesse assunta per tre mesi."

Marco non udì il resto delle parole di Isabella. Dimenticati i fiori e l'album, aprì le porte con uno spintone, quasi travolgendo uno dei cuochi che stava arrivando al lavoro. Si scusò frettolosamente, ma continuò a camminare con determinazione attraverso la sala da pranzo. Quando raggiunse il corridoio aperto che conduceva alla stanza di Amanda, si mise a correre.

Finalmente, arrivò di fronte alla porta chiusa. Dopo aver bussato vigorosamente tre volte e non avendo udito risposta, provò la maniglia e la trovò aperta.

"No," bisbigliò, la gola serrata mentre osservava la stanza.

Nulla. Sapeva che quello era il luogo che suo padre aveva assegnato ad Amanda, ma non c'erano effetti personali sul comodino. Nessuna luce proveniva dal bagno interno. E non c'era nessuno nel letto. Che era fatto.

Afferrato il telefono sul comodino, digitò il codice di tre cifre che lo avrebbe messo in comunicazione con la guardiola del cancello posteriore.

"Parla il principe Marco," disse quando una guardia rispose. Avrebbe voluto poter parlare abbastanza in fretta da disfare ciò che era già accaduto. "L'auto che ha lasciato il palazzo questa mattina trasportava Amanda Hutton?"

"Sì[1], Vostra Altezza."

"Era diretta all'aeroporto?"

"Credo di sì."

Una dozzina di imprecazioni selezionate apparve nella mente di Marco, che tuttavia le respinse. "Sa a che ora è il suo volo?"

"Temo di no, Vostra Altezza."

Porca miseria.

"Chiami Filippo," ordinò. "Gli dica che gli verrò incontro al cancello. Voglio essere in aeroporto il prima possibile." Dopo aver sbattuto il telefono sul comodino, Marco corse. Sudore freddo gli scorreva lungo la schiena quando raggiunse il giardino e oltrepassò in volata la fontana per raggiungere il cancello posteriore.

Aveva il sospetto che nessuno, nemmeno Filippo, potesse portarlo all'aeroporto in tempo. Era tutta colpa sua, cretino che era.

"Vostra Altezza." Filippo fece salire Marco sul sedile posteriore della Range Rover, quindi saltò al posto di guida senza dire una parola e accelerò a tavoletta, proiettando il principe contro lo schienale.

Marco si allacciò la cintura, quindi chiuse gli occhi per non vedere a che velocità procedevano o quante auto bloccavano loro la strada.

Tutti quegli anni che aveva trascorso nella paura che una donna potesse lasciarlo morendo, nella paura di lasciarsi andare troppo e ritrovarsi vittima del Fato… che spreco. Non aveva bisogno che il Fato gli strappasse una donna, spezzandogli il cuore. Ci aveva pensato lui stesso. Le sue stesse paranoie e paure avevano allontanato la donna perfetta, spezzando non uno, ma due cuori.

"Vostra Altezza?" chiese Filippo.

Marco aprì gli occhi e cercò di mantenere un tono di voce neutro. "Sì?"

"Arriveremo fra meno di cinque minuti. Ho domandato agli altri autisti… della signorina Hutton, intendo. Ha chiesto che un autista la portasse alla Air France per un volo diretto a Parigi. Ha accennato di essere diretta a Washington, per cui voleva arrivare presto per il check in."

"Conosci l'orario della partenza del volo per Parigi?"

"No, mi dispiace. Ma ho controllato mentre vi aspettavo. Il primo volo Air France per Parigi non partirà prima di quarantacinque minuti. Hall C. L'imbarco comincerà fra venti minuti. Ce n'è un altro venti minuti dopo, nella hall B. Entrambi arriveranno a Parigi in tempo per la coincidenza con un volo per l'aeroporto di Dulles, a Washington."

Marco si costrinse a sorridere. "Grazie, Filippo."

Sperava di riuscire a trovarla. Di riuscire a trovare le parole per convincerla a restare.

CAPITOLO 13

Amanda fissò lo schermo del cellulare mentre stava seduta nell'area di imbarco, cercando di trovare il coraggio per chiamare a casa. A San Rimini erano le sette di mattina, il che significava che nel District of Columbia era l'una, ma era probabile che suo padre, nottambulo accanito, non fosse ancora andato a letto. Dopo aver finito di sbrigare le scartoffie ed essersi assicurato che sua madre stesse dormendo, si sarebbe ritirato nel suo nido per bersi un bicchierino, mettersi comodo nella poltrona di cuoio e prendere in mano l'ultimo thriller di spionaggio. Di solito, impiegava ancora un'ora ad andare a letto.

Nonostante la buona probabilità di trovare suo padre in un momento di tranquillità, avrebbe fatto meglio a chiamarlo quando era arrivata in aeroporto. Da allora, non aveva fatto altro che tormentarsi riguardo a cosa dire. Senza che le venisse in mente nulla di più profondo di: "Ciao, papà. Come va il lavoro? A proposito, ho lasciato l'incarico presso i diTalora e no, non posso dirti perché."

Avrebbe dovuto farsi venire in mente le parole giuste durante il volo. Il tempo scorreva rapido. Le avrebbe sentite dai suoi genitori quando si sarebbero svegliati la mattina e avrebbero saputo di Lucrezia. Il palazzo non avrebbe fatto passare la notizia sotto silenzio ancora a lungo – non poteva. Amanda non voleva che suo padre cercasse di chiamarla mentre lei dormiva sopra l'Atlantico.

Amanda si mise il telefono in grembo, quindi aprì il portafogli e sfogliò con discrezione le banconote.

Quando il suo aereo sarebbe atterrato negli Stati Uniti, avrebbe avuto solo una settimana prima di dover versare un altro mese di affitto oppure dare il preavviso e prepararsi a traslocare dai suoi genitori. Inoltre, avrebbe dovuto trovare da qualche parte il denaro per ripagare Eduardo di ciò che aveva usato per coprire l'affitto del mese corrente. Non avendo completato i tre mesi previsti dal contratto, non poteva certo tenere lo stipendio che il re le aveva pagato in anticipo.

Convertito in dollari, il denaro contante che aveva con sé era sufficiente per coprire la penale della risoluzione anticipata del contratto di affitto e le spese di trasloco. Ma non per ripagare il re.

Amanda sentiva già la tristezza di suo padre quando lei avrebbe accennato all'argomento di un prestito. Non che lui non le avrebbe dato il denaro, o le avrebbe detto che non si era dimostrata all'altezza delle aspettative. Ma sarebbe rimasto comunque deluso. Amanda lo avrebbe visto nel suo volto e nel suo linguaggio corporeo. E lei detestava fallire – di nuovo – nel conseguire ciò che lui aveva sperato per lei.

Chiuse il portafogli e trattenne una sfilza di imprecazioni, parole che non aveva mai usato prima di rintracciare Marco diTalora in un casinò e prima che lui le rivoltasse la vita.

Come aveva potuto lasciare che i suoi sentimenti nei confronti dell'uomo, una persona così avventurosa e irraggiungibile, la mettessero in quella posizione?

Perché sei innamorata di lui.

"No," si rimproverò ad alta voce, per poi costringersi ad assumere un'espressione più calma quando un uomo anziano seduto nei paraggi sollevò lo sguardo dalla sua rivista per lanciarle un'occhiata.

Era ora di chiamare papà e sperare in bene prima di sprecare altro tempo a pensarci su. Amanda sollevò il telefono e stava per chiamare quando un'insegna appesa nell'atrio attirò la sua attenzione.

Casinò.

Le sue dita si immobilizzarono. *Non pensarci.*

Amanda non giocava d'azzardo. Aveva giocato a poker qualche volta durante il college e le era andata bene; aveva giocato alle slot-machine e non le era andata bene. Il poker al casinò sarebbe stato completamente diverso dal poker con i suoi amici. Le probabilità di vincere a sufficienza per ripagare il re erano scarse, soprattutto considerato che lei aveva giocato d'azzardo solo un paio di volte in vita sua.

Di certo non sarebbe riuscita a fare un miracolo come Marco al tavolo da blackjack.

Devo calmarmi prima di fare questa telefonata. Non voleva proprio che suo padre la sentisse piangere.

Si ficcò il telefono nella borsetta e decise che avrebbe telefonato durante la sosta a Parigi. Magari, se avesse atteso fino al momento di salire a bordo del volo per gli Stati Uniti, avrebbe trovato sua madre che faceva colazione. Avrebbe funzionato.

Si alzò, si mise la borsa in spalla, afferrò la maniglia della valigia e seguì le frecce che indicavano l'ascensore.

Devo distrarmi. Una distrazione mi aiuterà calmarmi.

Qualche minuto dopo, oltrepassò la soglia del casinò semibuio dell'aeroporto. Luci lampeggiavano su insegne elettroniche disposte per la stanza, indicando i montepremi attuali, e il tintinnio vivace delle slot-machine le riempiva le orecchie.

I passeggeri erano allineati sugli sgabelli, nonostante fosse presto, guardando i simboli rotanti e sorseggiando cocktail mentre aspettavano i loro voli. Una singola roulette girava lungo la parete alla sinistra di Amanda, dietro a mezza dozzina di tavoli di dadi, solo uno dei quali era in uso. Alla sua destra, una dozzina di tavoli da blackjack formava un cerchio. Il direttore camminava da un tavolo all'altro alle spalle dei croupier e prendeva appunti su un blocco.

Amanda prese posto su uno sgabello di fronte a una colorata slot-machine dal nome *Double Diamond*.

"Questa è fortunata, sì?" chiese all'uomo d'affari dall'aria americana che premeva i pulsanti sulla macchinetta accanto alla sua.

"Lo spero per te, bellezza." Il suo accento trasudava texanità mentre aggiungeva: "Ci ho giocato per mezz'ora senza fortuna. E questa non è migliore. Sto per far fuori il credito che mi è rimasto." L'uomo dai capelli grigi si sfregò le mani di fronte alla *Lucky Sevens*, chiuse gli occhi e colpì il pulsante con entrambe le mani. Le ruote girarono, quindi si fermarono e mostrarono una combinazione perdente.

"Ahi," disse Amanda.

"Mi gioco solo quello che posso permettermi di perdere. È meglio che starsene seduti al gate, no?" L'uomo le ammiccò prima di spostarsi lungo la fila a una macchinetta che prometteva *Easy Money*, soldi facili.

Sì, per il casinò.

Amanda si voltò verso la sua macchinetta e cercò di decifrare le file di diamanti, rubini, smeraldi e sbarre sulla tabella delle vincite. Scommettere una cifra importante implicava una potenziale vincita maggiore, ma al di là di quello, i numeri non avevano molto senso. Infilata una mano nel portafogli, tirò fuori una banconota e la infilò nella fessura.

"O la va o la spacca." Amanda attese che il denaro venisse convertito in crediti, scelse la puntata e premette il pulsante sulla macchinetta per far girare le ruote. Mentre i diamanti e le sbarre scorrevano veloci di fronte a lei, immaginò Marco seduto alle sue spalle che faceva il tifo per lei, ma scacciò rapidamente quell'immagine. Giocare per un po' nell'attesa del volo doveva distrarla dai suoi problemi, non ricordarglieli.

Le immagini si fermarono una alla volta. Sbarra, sbarra doppia, zippo.

Amanda osservò di nuovo la tabella, rivolse un rapido incoraggiamento alla macchinetta, chiuse gli occhi e premette di nuovo il pulsante.

Doppio diamante. Doppio diamante. Doppio bonus.

Suonarono delle campanelle, quindi una luce lampeggiò in cima alla macchinetta mentre il numero che indicava la sua vittoria cominciava a crescere sullo schermo.

Senza fermarsi.

Il texano si allontanò di un balzo dalla sua *Easy Money*. "Porca pupazza, bellezza! Mi sai che hai vinto tutto quello che ci avevo messo io e parecchio di più. Che moltiplicatore hai scelto?"

"Tre," disse lei. Il massimale era cinque, per cui si era tenuta nel mezzo. Il rumore proseguì e Amanda cercò di decifrare la tabella delle vincite. "È un bene?"

"Bene? No. È uno schifo. Dovresti scommettere di più." L'uomo si chinò sopra la sua spalla e indicò una delle immagini sulla tabella. "Avresti potuto vincere duemila e cinquecento invece di mille e cinquecento."

Amanda deglutì mentre il conto rallentava e le campanelle, finalmente, si fermavano. Come annunciato, aveva vinto mille e cinquecento. Non era una fortuna, ma aggiunta alla somma nel portafogli, avrebbe ripagato il re di ciò che aveva speso fino a quel momento per il suo stipendio. Era una grossa somma rispetto a quella che lei aveva scommesso.

Amanda si voltò e sorrise al texano. "Mille e cinquecento bastano e avanzano."

Una bionda minuta che dimostrava più o meno la stessa età del texano apparve da dietro l'estremità della fila di macchine.

"Ehi, Al, sei tu che hai fatto suonare le campanelle? Per favore, dimmi che hai vinto."

"Mi dispiace, dolcezza," disse l'uomo. "La signorina ha sbancato. Ha vinto tutti i soldi che avevo messo io, naturalmente."

La bionda le sorrise. "Buon per te, tesoro."

Amanda premette il pulsante per riscuotere la vincita e la macchinetta stampò una ricevuta da portare alla cassa. "Grazie. Spero che voi sarete altrettanto fortunati. O di più."

La bionda sporse il labbro inferiore. "Solo se Al mi darà altri soldi. Oppure potremmo spostarci ai tavoli da blackjack e lasciar perdere queste stupide slot-machine."

"A me va benissimo, dolcezza." L'uomo si rivolse ad Amanda. "Io sono Al Stanmore e lei è mia moglie Kristi. Unisciti pure a noi. Un portafortuna al tavolo ci farebbe comodo."

Amanda si presentò, ma la bionda mise il broncio al marito. "Cos'è, io non porto fortuna?"

L'uomo lanciò a Kristi un'occhiata che fece capire ad Amanda che i due erano perdutamente innamorati e non avevano problemi a prendersi in giro. "Hai vinto qualcosa?"

"No."

"Appunto."

Kristi sorrise ad Amanda, quindi indicò con il pollice alle sue spalle, verso un angolo della stanza. "Vieni. Puoi raccontarci la storia della tua vita al tavolo da blackjack. Ci siamo già raccontati tutte le nostre e un po' di svago non ci farebbe male."

"Grazie per l'invito," disse Amanda, per poi mostrare la ricevuta. "Ma è meglio se incasso finché sono in attivo. E poi, sono in lista d'attesa. Non sono riuscita a salire sul primo volo che volevo. Fra poco devo andare al gate per controllare se c'è posto per me sulla mia seconda scelta."

"Dove sei diretta?" chiese Al.

"Parigi, poi D.C."

"Ehi." Kristi sorrise. "Anche noi! Beh, da Parigi a D.C. e poi a

Houston. Mi dispiace dirtelo, ma il volo ha almeno un'ora di ritardo. È per questo che siamo al casinò."

"Problemi tecnici," aggiunse Al, "o così dicono. Ma la donna al gate ha detto che questo pomeriggio partiranno quattro voli da Parigi per Dulles e tutti hanno dei posti liberi, per cui, anche se perdessimo la coincidenza, ci troverebbero comunque posto su un altro volo."

"Questo significa che ti tocca stare con noi." La bionda mise un paio di fiches nella mano di Amanda. "Dai. Offriamo noi la prima mano. Che cosa hai da perdere?"

Amanda lanciò un'occhiata alle due fiches rosse che aveva in mano. Aveva perso la cosa più preziosa quando aveva lasciato il palazzo, per cui che male poteva esserci nel perdere un paio di fiches? Donate, per di più. Accennò con il capo alla porta che portava alla hall. "Siete sicuri che il volo sia in ritardo? Air France 3422?"

"Proprio quello, bellezza." Al rise. "Allora, che ne dici? Ti senti fortunata?"

"Non sono sicura che una vittoria alle slot-machine conti." Amanda spostò lo sguardo fra Al e Kristi, il cui desiderio di compagnia femminile era palese. "Oh, perché no? Ma dovrete darmi una mano. Non ho mai giocato seriamente."

Prima di rendersene conto, Amanda si ritrovò parcheggiata sulla sinistra di Kristi a un tavolo di blackjack. Al sedeva sull'altro lato di Kristi, civettando con la moglie come se si fossero appena sposati. Un'altra coppia – spagnola, a occhio e croce – occupava i posti sul lato opposto rispetto ad Al.

Il mazziere mescolò il mazzo, poi diede a Kristi una spessa carta gialla e le chiese di tagliare.

"Non io," disse la donna mentre Al le dava un bacetto sulla guancia. "Lo passi pure ad Amanda. È lei quella fortunata, oggi."

Ancora una volta, Amanda lottò contro l'impulso a dire quanto poco fortunate erano state le sue ultime ventiquattr'ore. Ma accettò la carta gialla e tagliò il mazzo.

Mentre il mazziere infilava le carte nel sabot, Amanda controllò con discrezione il telefono per confermare che il volo era in ritardo. Quando vide che Al e Kristi ci avevano visto giusto, lasciò ricadere il telefono nella borsa e chiese a Kristi: "Siete in luna di miele?"

Kristi scoppiò a ridere e Al rispose per lei: "No. È solo che ci piace San Rimini. Sono venuto qui per lavoro quasi vent'anni fa e mi sono innamorato di questo posto. Le spiagge sono spettacolari e non crederesti mai—"

"Non osare dirle quello che abbiamo fatto su quelle spiagge, Al. Ci arresterebbero!"

Kristi si rivolse ad Amanda. "Ora cerchiamo di tornare tutti gli anni, se possiamo permettercelo. Speravamo di vedere il matrimonio reale, la carrozza, tutto quanto. La storia di Antony e Jennifer è molto romantica, non credi?" Amanda fu grata quando Kristi proseguì senza attendere risposta. "Ma il volo e l'albergo costavano molto meno dopo il matrimonio, per cui abbiamo deciso di aspettare."

"Sembrerebbe che vi siate divertiti."

Al si strinse a Kristi. "Puoi scommetterci. Ci divertiamo sempre."

Con sollievo di Amanda, il mazziere chiese ai giocatori di fare le loro scommesse. Kristi e Al erano persone meravigliose, ma era difficile assistere alle loro romantiche schermaglie.

Amanda mise entrambe le fiches che Kristi le aveva dato al posto giusto sul tavolo verde. Tre mani dopo, cominciò a credere alla predizione di Al sulla sua fortuna. Aveva continuato a reinvestire le vincite di ciascuna mano e le sue due fiches erano diventate sedici.

"D'accordo, ora dovrei smettere. O almeno scommettere di meno." Amanda si allungò verso il mucchio, con l'intento di lasciare solo due fiches.

"Assolutamente no," la rimproverò Al. "Quelle fiches erano

offerte, signorina. Concediti ancora una mano, poi potrai riscattarle.”

“Almeno lasciate che vi restituisca le due con cui–”

“No. Provaci.”

Amanda trasse un respiro profondo. Vincere quattro mani di fila era impensabile. Non riusciva a credere di averne vinte tre. Dopotutto, ne sapeva di gioco d’azzardo quanto di investimenti azionari.

“D’accordo,” concesse. “Ma questa è l’ultima volta.”

“Forza!” esclamò Kristi mentre il mazziere prendeva il sabot per iniziare una nuova mano. “Blackjack per tutti!”

Il mazziere cominciò a posizionare le carte di fronte a loro. Un cinque e un otto per la coppia spagnola. Un asso per Al.

“Forza, tesoro!” gridò Kristi.

Un due per Kristi. La donna fulminò il mazziere. “Ehi, avevo detto blackjack per tutti. Cos’è quel due?”

Il mazziere sorrise a Kristi senza fare commenti, quindi diede una carta ad Amanda. Un re.

Al secondo giro, Al ottenne una regina e fece blackjack. Kristi ebbe un asso. “Beh, è già qualcosa,” osservò.

Poi Amanda ricevette un altro re e fece venti. Una mano buona, solida, dato che il mazziere aveva ora un sette scoperto.

La sensazione di dejà vu la attraversò mentre guardava il re di fiori e il re di picche. Proprio la stessa mano di Marco il giorno in cui si erano conosciuti, quando lui aveva azzardato.

Allora, Amanda lo aveva considerato avventato, imprevedibile. Irresponsabile. L’elegante abito rosa e le scarpe scomode che aveva indossato passando da un casinò all’altro alla ricerca del reale scomparso l’avevano infastidita spaventosamente.

Ma ora avrebbe dato qualunque cosa per tornare a quel giorno e ricominciare da capo, anche con le scarpe dolorose.

Lo spagnolo chiese carte fino a sballare. Sua moglie si fermò a diciotto. Kristi chiese una carta e arrivò diciassette. Poi il mazziere si rivolse ad Amanda. Proprio mentre lei stava per passare la mano sopra le carte per indicare che il venti le andava benissimo, qualcosa smosse l'aria alle sue spalle, facendole rizzare i capelli sottili sulla nuca.

"Corri il rischio."

Tutti si voltarono a fissare mentre il principe Marco si allungava a lasciar cadere sul tavolo una banconota di grande valore per coprire la scommessa.

Il mazziere mosse la testa in un cenno di rispetto. "Vostra Altezza."

Amanda girò sulla sedia per fronteggiare Marco, ma il mazziere la interruppe. "Le carte sono ancora in gioco. Cosa vuole fare?"

Amanda incrociò lo sguardo di Marco, quindi si voltò verso il mazziere in attesa.

"Le divido," riuscì a dire, sebbene detestasse rischiare una somma del genere. Il mazziere non riuscì a nascondere la sorpresa di fronte a quella scommessa assurda, ma cambiò la banconota di Marco in fiches, come richiesto.

"Cosa ci fai qui?" bisbigliò Amanda voltando la testa. "Come hai fatto a superare i controlli senza biglietto?"

"Ti stavo cercando e ho comprato un biglietto per entrare senza dover far valere il mio rango. Lo sai quanto è stato difficile rintracciarti?"

"Posso immaginarlo. Ricordo di averti dato la caccia per tutta San Rimini non molto tempo fa."

"Touché." L'uomo appoggiò le mani sul bordo del tavolo, bloccandola. "Finisci la mano. Poi parleremo."

Amanda cercò di concentrarsi sul gioco, ma le girava la testa. Marco era venuto a cercarla. Sebbene l'uomo non sembrasse arrabbiato, lei non era sicura se la sua presenza fosse un bene o un male. Come avrebbe fatto a giustificarsi dopo averlo abbandonato senza dire una parola?

La coppia spagnola sembrava sul punto di cadere in preda

allo shock mentre fissava prima il principe Marco, poi Amanda e poi di nuovo il principe Marco. Lei non poteva biasimarli.

Kristi si chinò e bisbigliò a voce abbastanza alta da farsi sentire da Marco: "Tesoro, non mi avevi detto che conoscevi la famiglia reale. Il suo membro più carino, per di più. Non c'è da stupirsi che tu sia così fortunata!"

Amanda non riuscì a farsi venire in mente una risposta. Le braccia di Marco erano posate su entrambi i lati di lei, confondendole i sensi. Inalò bruscamente mentre il mazziere separava i due re.

L'uomo pescò un cinque per la prima mano, per un totale di quindici, e per la seconda un due per un totale di dodici.

Poi girò la sua carta. Un asso. Diciotto. Mentre il mazziere portava via le sue fiches, ad Amanda si rivoltò lo stomaco. Che momento per esaurire la fortuna.

"Avrei dovuto immaginarlo. Non era una grande scommessa." Si rivolse ad Al e Kristi. "Mi dispiace."

"Va tutto bene, tesoro. Erano solo due fiches." Kristi le diede una pacca sul ginocchio. "Hai cose più importanti a cui pensare." Kristi lanciò un'occhiata di sottecchi a Marco; la sua espressione rendeva chiaro che valesse la pena aver perso le fiches pur di vedere il principe da vicino.

"Volete scusarci?" chiese Marco, passando lo sguardo su tutti coloro che erano seduti attorno al tavolo. Il mazziere annuì e fece un passo indietro, lasciando loro un po' di intimità, ma continuando a tenere lo sguardo sulle fiches. La coppia spagnola si calpestò praticamente a vicenda mentre lasciava la zona.

Al e Kristi si alzarono dagli sgabelli, ma rimasero a portata di udito. La curiosità ebbe il sopravvento sul decoro.

A Marco non sembrava importare. Fece voltare lo sgabello di Amanda in modo che lei fosse rivolta verso di lui, quindi la bloccò appoggiando i palmi sul tavolo accanto a lei. Nessuno al casinò poteva fraintendere la familiarità della sua postura. "Ieri sera, quando ho lasciato la biblioteca, quali sono state le ultime parole che ti ho rivolto?"

"Non lo so," mentì Amanda. Ricordava ogni momento della sera prima.

"Ho detto 'La conversazione non è finita.'. Ora, prima che tu faccia qualcosa di stupido come saltare su un aereo e tornare a casa, finiamo la discussione."

"Non è importante. Non più. E non avrei dovuto dirlo come l'ho–"

"È dannatamente importante." Pur avendo tenuto la voce bassa per scoraggiare i curiosi – compresi Al e Kristi – la determinazione colmò gli occhi di Marco e un muscolo guizzò nella sua mascella. "Perché è stato così difficile dirmelo?"

"Perché sapevo che effetto ti avrebbe fatto. Te lo vedo in faccia che ora, pensarci ti turba."

"Morirai?"

Amanda rimase a bocca aperta di fronte a quella domanda diretta. "Spero di no. Non nel futuro prossimo. Ma non ci sono garanzie."

"Non ci sono mai garanzie. Potresti venire investita da un'auto domani."

"Cavolo. Grazie."

"E potrebbe succedere anche a me." Marco tacque per diversi lunghi istanti, ma la sua espressione rimase seria. "Da quel che ne so del cancro al seno, avere una o più mutazioni genetiche non significa che una persona sviluppi automaticamente il cancro. Significa che è più probabile che accada."

"È vero. Ma non è detto che si tratti di cancro al seno. Potrebbe anche essere cancro alle ovaie. E come hai detto tu stesso, dopo la morte di tua madre–"

"Non stiamo parlando di lei."

"Sì, invece," protestò Amanda. Badò a tenere bassa la voce. "È lei il motivo per cui sai quello che sai della malattia. E hai visto le conseguenze che la morte di lei ha avuto su tuo padre. Odiavi l'effetto che ti ha fatto. Quando hai detto di voler vedere ciò che aveva in serbo il futuro–"

"Lo voglio ancora."

La voce del principe era bassa, sicura.

"Come?"

Lui le prese le mani. "Sposami. Tutto qui."

Amanda avvertì una stretta al petto. Serrò le palpebre nell'attesa di riprendersi.

Sposami. Lo aveva detto davvero?

"Non deve essere per forza domani," mormorò Marco. "E nemmeno fra un anno. Ma voglio che tu resti qui, a San Rimini, e voglio che stiamo insieme. Voglio che teniamo un occhio puntato verso l'infinito, o quello che sarà. Ti amo e probabilmente ti ho amata sin dal momento in cui mi hai trascinato fuori dal casinò e ti sei rifiutata di tollerare il mio atteggiamento."

"Anch'io ti amo, Marco. È per questo che ho avvertito la necessità di andarmene, questa mattina." Amanda riuscì finalmente a incrociare lo sguardo del principe. Voleva che lui vedesse tutto ciò che provava e quanto erano profondi i suoi sentimenti. "Ma... ci sono tante cose che non sappiamo l'una dell'altro."

"Allora ci prenderemo il tempo necessario a impararle. Non mi viene in mente nulla di preferibile. So già le cose più importanti: tu sei capace, sei divertente, sei la donna più sexy che io abbia mai conosciuto in vita mia e credi in me, anche quando io dubito. Sei gentile e rispettosa di tutti coloro che incontri. L'ho visto nel modo in cui hai ringraziato Filippo quando ci ha portati al Duomo e nelle cure che hai avuto ieri sera per mia sorella." Le mani del principe si sollevarono dal tavolo per catturare le sue. "Resta. Resta per sempre."

Le si serrò la gola, preannunciando le lacrime. Amanda succhiò un respiro, il che le fece tremare la mascella. Ridendo, disse: "Sai che ho cinque anni più di te? Quando tu ne avrai trentacinque, io ne avrò quaranta. E quando ne avrai quaranta-cinque, io ne avrò cinquanta. *Cinquanta.*"

Marco fece spallucce. "E allora?"

"Chiedo scusa, Vostra Altezza," disse Al, facendo un timido passo verso di loro, "ma voi avete chiesto a questa donna di sposarvi senza conoscerla abbastanza bene da sapere la sua età?"

"L'etichetta proibisce a un uomo di chiedere l'età a una donna." Marco strizzò l'occhio ad Amanda prima di aggiungere: "Ma se lei dovesse scegliere di rivelarlo, è giusto dirle che ha un aspetto magnifico, quale che sia il numero."

"Sposalo subito!" la incoraggiò Kristi.

"Non ho idea di chi siano questi due," disse Marco, lanciando una rapida occhiata di sottecchi alla coppia. "Ma dovresti ascol-tarli. Sposami. Per favore."

"Sei sicuro, Marco?"

"Non è questa la risposta giusta! Di' di sì!" Le parole di Kristi l'avrebbero fatta ridere, se l'espressione sul volto di Marco non fosse stata così terribilmente seria.

Lo sguardo del principe affondò nel suo. "Ti ho detto che devi correre più rischi. Smettila di essere così cauta."

"È prudente pensare bene alle cose e pianificare. È per questo che faccio il lavoro che faccio."

"Può darsi. Ma tu hai corso dei rischi dal momento in cui ci siamo conosciuti. Facendo irruzione in una sala da gioco privata. Accettando l'offerta di mio padre e poi convincendomi che ero in grado di gestire una cena importante. E soprattutto, hai rischiato la carriera, lasciando un lavoro perché non volevi farmi del male."

"Continuo a non volerti fare del male."

Marco scosse la testa. "Nessuno può evitare completamente il dolore nella vita. Ma è molto più facile affrontarlo quando si ha l'amore."

Marco cadde in ginocchio sul tappeto rosso del casinò, di fronte a Kristi e Al e a una folla crescente. "Te lo chiederò una terza volta. Amanda Hutton, mi vuoi sposare? Ti amo. Tu vali qualunque rischio. E so che questo non è il modo giusto di chiederlo, senza un anello o niente, ma se dirai di sì, rimedierò il prima possibile."

Per poco non le scoppiò il cuore alla vista dell'espressione sincera dell'uomo e dell'adorazione che vide in essa. Sussurrando, rispose: "Gli unici requisiti per una proposta di matrimonio sono che una parte chieda e l'altra risponda, si spera affermativamente."

Negli occhi di Marco guizzò la speranza. "Io ho fatto la mia parte. Hai una risposta da darmi?"

Lei sorrise, volendo assaporare il momento della consapevolezza che, se Marco diTalora era in grado di superare la sua paura delle folle e chiedere la sua mano di fronte a centinaia di sconosciuti in un luogo decisamente pubblico, poteva superare qualunque cosa.

E se poteva farlo lui, poteva farlo anche lei.

Amanda si chinò. Un attimo prima che le loro labbra si incontrassero, disse: "Sì."

EPILOGO

"UNA LIMOUSINE SAREBBE STATA PIÙ APPROPRIATA, SAI. Oppure la carrozza offerta da re Eduardo." Il padre di Amanda lanciò un'occhiata al mucchio di tessuto bianco nel grembo di sua figlia. "Questa auto non è stata progettata per un vestito da sposa."

Amanda si sistemò il vestito, poi sorrise. "Una persona molto saggia mi ha detto 'al diavolo la decenza.' Credo che fosse un buon consiglio. Almeno per quanto riguarda il mio mezzo di trasporto odierno."

Ignorò l'espressione sconvolta di suo padre e sorrise dal finestrino della Range Rover nera di Marco mentre essa procedeva a passo d'uomo lungo la Strada il Teatro. Attraverso il finestrino aperto, salutò i bambini in spalla ai genitori e un gruppo di studenti universitari che saltellavano sull'ampio marciapiedi, gridando il suo nome e augurandole buona fortuna. Sorrise ai bambini più grandi accovacciati di fronte alla folla, in modo da poter sventolare bandiere sanriminesi e americane oltre le transenne. Un poliziotto a cavallo si toccò il cappello in un cenno di saluto mentre passava e lei avrebbe potuto giurare che avesse le lacrime agli occhi.

"E poi," aggiunse mentre svoltavano l'angolo verso il Duomo, "ci saranno un sacco di cose appropriate una volta raggiunta la cattedrale."

"Vero." Suo padre le diede un colpetto sul ginocchio, o almeno ci provò, considerato che il ginocchio era coperto da un mucchio di seta. Un attimo dopo, disse: "Questo è un passo importante, tanto pubblico quanto privato. Ma so che è quello che vuoi e sono felice che tu abbia afferrato il destino con entrambe le mani. Sono davvero orgoglioso di te, tesoro. Per molte ragioni. Tu e il principe Marco sarete felici insieme per molti, moltissimi anni."

"Lo so." Avrebbe dovuto saperlo da sempre. Entrambi i suoi genitori le volevano bene. Qualunque paura avesse di deluderli veniva da dentro di lei. Era una cosa che lei e Marco avevano imparato l'una dall'altro durante il loro fidanzamento. Gran parte della paura – tanto del fallimento quanto del successo – veniva da dentro. Non aveva radici nella realtà.

Avevano partecipato insieme a innumerevoli eventi pubblici, da una conferenza sul clima in Svizzera ad alcune visite alle scuole di San Rimini. Marco aveva organizzato e ospitato una quantità di eventi, compreso un festival musicale di due giorni, e tutti i guadagni erano andati a sostegno dei pazienti dell'ala del Royal Memorial Hospital dedicata a sua madre.

Avevano condiviso anche dei momenti privati. Il funerale di Lucrezia era stato il peggiore, anche se, da un certo punto di vista, aveva fatto sì che Marco e Amanda capissero il valore di ogni momento che avevano da trascorrere insieme. Il momento migliore era stato un'escursione nella Cambogia rurale, che era stata un'avventura. Marco l'aveva incoraggiata a provare a fare attività che lei aveva creduto impossibili, come viaggiare a dorso di elefante mentre questi attraversava un fiume, mangiare cibi irriconoscibili e prendere sentieri secondari che richiede-vano di attraversare terreno accidentato. In tutti i casi, le aveva imparato qualcosa di nuovo e allargato quelli che credeva essere i suoi limiti.

Lei e Marco si equilibravano a vicenda.

Meglio di tutto, entro la fine della giornata, Jennifer sarebbe diventata sua cognata.

Senza stupire nessuno, Jennifer era stata entusiasta della notizia del fidanzamento. Poche ore dopo aver saputo della proposta all'aeroporto, aveva prenotato permanentemente la saletta privata del suo ristorante preferito una volta al mese, spiegando ad Amanda che, ora che entrambe avrebbero vissuto a palazzo, avevano bisogno di una serata fra donne regolare.

Quelle serate erano state una gioia. Nel corso dell'ultima uscita, avevano invitato la principessa Isabella a unirsi a loro. La principessa era stata taciturna all'inizio, ma alla fine si era rilassata e tutte e tre avevano trascorso una serata all'insegna delle risate e delle storie degli scampati disastri in occasione delle apparizioni pubbliche di ciascuna.

Amanda sospettava che la principessa avesse bisogno di sfuggire più spesso allo scrutinio della vita di palazzo.

Il padre di Amanda sorrise e salutò fuori dal finestrino mentre un ragazzino che stringeva fra le mani un palloncino salutava la Range Rover. "Non mi hai più detto se avete deciso di usare i voti nuziali tradizionali o di personalizzarli. So che volevate parlarne con il re, ma l'argomento non è stato affrontato durante le prove di ieri. Il prete si è limitato a indicare il momento in cui si sarebbe svolto lo scambio di voti."

"Nessuna delle due cose, a dire il vero. Abbiamo deciso di andare a braccio. Con il permesso del re e del prete, naturalmente."

Suo padre si appoggiò al sedile e la fissò. "Stai scherzando? Mi stupisce che il re lo abbia permesso."

Amanda si allungò a rimuovere un grosso pelucco bianco dai pantaloni di suo padre, ripensando a come Marco si era allungato attraverso l'ampio sedile posteriore del veicolo per sistemarle il vestito il giorno in cui si erano conosciuti.

"Andrà tutto bene, papà," lo rassicurò. "Ci amiamo. Abbiamo deciso di dire semplicemente quello che abbiamo nel cuore quando ci arriveremo. Così sarà più memorabile e più importante, per tutti e due."

"Il tuo matrimonio sarà trasmesso in mondovisione. Non hai paura che tu o Marco direte qualcosa di imbarazzante?"

Amanda rise mentre l'auto imboccava l'ampio viale circolare di fronte al Duomo. Mentre le campane annunciavano il suo arrivo, un gruppo di soldati sanriminesi in uniforme di gala si allineò su entrambi i lati della scalinata, aspettando che suo padre la portasse all'interno.

"No," assicurò Amanda. "E anche se succedesse, abbiamo deciso che vale la pena correre il rischio."

Lo baciò sulla guancia, quindi attese mentre l'uomo usciva dalla Range Rover e girava attorno al veicolo per aprirle la portiera.

Non vedeva l'ora di fare il passo successivo.

NOTE

CAPITOLO 1

1. In italiano nell'originale (ndt).
2. In italiano nell'originale (ndt).
3. In italiano nell'originale (ndt).
4. In italiano nell'originale (ndt).
5. In italiano nell'originale (ndt).
6. In italiano nell'originale (ndt).

CAPITOLO 4

1. In italiano nell'originale (ndt).

CAPITOLO 6

1. In italiano nell'originale (ndt).

CAPITOLO 11

1. In italiano nell'originale (ndt).
2. In italiano nell'originale (ndt).

CAPITOLO 12

1. In italiano nell'originale (ndt).

IL PROSSIMO EPISODIO

Grazie per aver letto *La tutrice del principe*. Il prossimo episodio della serie "Scandali Reali: San Rimini" è già in vendita. Continuate a leggere per un'anteprima.

IL BACIO DEL CAVALIERE

Prologo

San Rimini, novembre 1190

Due uomini avrebbe anche potuto sconfiggerli. Forse tre, considerato il vantaggio della sorpresa.

Ma dal suo nascondiglio dietro un intrico di bassi cespugli, nel profondo della campagna collinosa dalle fitte foreste del confine occidentale di San Rimini, Domenico di Bollazio contava cinque uomini nella radura. Spie turche, si rese conto allarmato, notando che indossavano la livrea di San Rimini, ma parlavano con un accento marcato ed erano armati di spade corte alla turca. Erano in piedi a formare un cerchio, intenti a sferrare violenti calci a un giovinetto magrissimo che non poteva avere più di quindici anni.

Sarebbe assurdo intervenire, si disse Domenico, allontanando con riluttanza le dita dall'impugnatura avvolta nel cuoio della spada nel fodero. Meglio ignorare l'istinto di aiutare il ragazzino e tornare a cavallo per completare la sua vera missione.

Eppure, non riuscì a trattenersi dal guardare mentre il giovanotto a terra gridava in italiano, implorando pietà. Gli infedeli non gli badarono. Erano venuti assetati di sangue e senza dubbio si sarebbero saziati.

"Dov'è?" domandò uno degli uomini armati. Il suo accento rendeva le sue parole difficili da decifrare, ma la minaccia nel tono della voce era inconfondibile. "Risparmiati la sofferenza e dicci dove l'hai nascosto." Sferrò un calcio nelle costole del giovanotto per sottolineare il concetto.

Domenico chiuse gli occhi nell'udire il suono nauseabondo delle ossa che si spezzavano. Maledicendosi per essersi fermato, per essersi permesso di interessarsi, si allontanò lentamente dal confine della radura, badando a non far scricchiolare la spessa copertura di foglie autunnali sotto i suoi piedi.

"Non so nulla del… del messaggio!" Il grido di paura del giovane raggiunse le orecchie di Domenico, nonostante il cavaliere stesse cercando in tutti i modi di ignorare il suono.

"Nega pure. Le nostre spie sanno che il messaggero del re doveva passare da qui questa mattina, diretto verso Messina."

Domenico si immobilizzò, il cuore che gli scalciava nel petto. Accovacciatosi, avanzò nuovamente verso la radura, l'attenzione fissa sulla scena che si svolgeva di fronte a lui.

"Non lasciate che si allontani," ordinò uno degli infedeli agli altri, continuando a parlare in italiano in modo che il giovane capisse. "Se continua a insistere stupidamente di non sapere nulla, fate quello che volete di lui e perlustrate la zona. Probabilmente, il messaggio è nascosto nei boschi."

Per abitudine, Domenico sfregò la mano sul pomo della spada. Dentro di sé, tuttavia, sapeva che qualunque tentativo di salvataggio sarebbe stato futile. Il giovanotto rotolò sul terreno e cercò di rialzarsi, ma si fermò quando il turco più alto gli conficcò un pugnale nella gamba.

La rabbia esplose nel petto di Domenico, che però non aveva tempo per pensare alla ferita del giovane innocente o alla sua morte, che probabilmente sarebbe avvenuta presto. In seguito, le spie avrebbero scoperto ciò che Domenico già sapeva: che il pony del ragazzo trasportava solo vettovaglie per mezza giornata di viaggio. Non avrebbe mai potuto portare un messaggio dall'altra parte della penisola attraverso quel terreno difficile.

Ma se Domenico non si fosse dato alla fuga ora, gli uomini avrebbero sicuramente trovato *lui*, e forse persino il messaggio che cercavano, ora riposto al sicuro contro il suo petto, cucito nell'imbottitura del suo gambeson.

Re Bernardo aveva sottolineato a Domenico l'importanza del messaggio e che c'erano persone che avrebbero dato la vita per leggerne il contenuto. Meno di due ore dopo aver lasciato la presenza del re sanriminese, il cavaliere aveva capito quanto fossero vere quelle parole di congedo. Sarebbe stato fortunato a raggiungere vivo il Cuor di Leone e il suo esercito, ora accampati con Filippo Augusto di Francia sull'isola di Sicilia.

Qualche minuto dopo, Domenico ritrovò il suo cavallo, nascosto fra gli alberi a breve distanza dalla radura. Condusse l'animale fino alla strada, ma prima che potesse montare a cavallo, un rumore fra i cespugli lo colse alla sprovvista. Si voltò appena in tempo per vedere una donna in preda al panico, dai capelli rosso fuoco, scostare i cespugli per uscirne.

"Per favore, messere," implorò la donna, avvicinandosi senza esitazione per afferrargli un braccio, "avete visto un giovanotto da queste parti? Di quattordici anni, con i capelli del colore della paglia fresca?"

Il ragazzo. Domenico si guardò alle spalle per assicurarsi che la voce della donna non avesse allertato i soldati della sua presenza. Una volta certo che nessuno avesse udito, riportò l'attenzione su di lei. A giudicare dall'età e dall'espressione disperata, poteva trattarsi della madre del poveretto. Ma non era quello a suscitare in lui un senso di profonda inquietudine.

C'era qualcosa di familiare in quella donna, anche se Domenico sapeva di non aver mai posato lo sguardo su di lei prima di quel momento.

Parlando a bassa voce, chiese: "Come vi chiamate, madama? Come mai vi trovate così vicino al confine? Non vi rendete conto di quanto è pericoloso–"

"Mi chiamano Rufina. Per favore, so che avete visto il mio Ignacio. Me lo dicono i vostri occhi."

Rufina la strega?

Ecco perché gli sembrava familiare. Domenico aveva sentito parlare dell'incantatrice dai capelli rossi che viveva in quella zona, una donna che aveva avuto la fortuna di fuggire dalla città prima di essere messa sotto processo per i suoi crimini contro la Chiesa.

Pur non credendo nella stregoneria, Domenico aveva la sensazione che ignorarla sarebbe stato un errore. "L'ho visto. Laggiù, nella radura. Ma è inguaiato–"

Senza nemmeno chiedere in che razza di guai si fosse ficcato suo figlio, la donna si voltò nella direzione indicata da Domenico. Prima che potesse fare due passi, lui la afferrò per un gomito ossuto. "È stato catturato da un gruppo di infedeli. Se entrate nella radura, probabilmente vi uccideranno. Aspettate che si siano allontanati e potrete curare le ferite di quel giovanotto. È la cosa migliore."

Rufina era nota per la sua esperienza nell'arte della guarigione, anche se i religiosi la accusavano di invocare l'aiuto del Diavolo in persona. Con le sue capacità, il giovanotto avrebbe anche potuto sopravvivere.

Sempre che non fosse già morto.

Rufina, tuttavia, non parve trovare utile il consiglio. Fissò Domenico, gli occhi colmi di un odio e di un'accusa pari a quelli di qualunque altro guerriero lui avesse mai affrontato in battaglia. "Mio figlio è gravemente ferito e voi non fate nulla? Come osate portare quella spada e definirvi un cavaliere di San Rimini!"

La donna sollevò la mano per colpirlo, ma Domenico fu più veloce e afferrò al volo il suo polso sottile. "Non ne avevo la possibilità. Sono in missione per conto del re e soccorrere vostro figlio l'avrebbe messa a rischio." Imprecò fra sé e lasciò andare il polso di Rufina. Non avrebbe dovuto rivelare tanto. "Vi prego di comprendermi, madama. Ora andate; fate ciò che è meglio per assistere–"

"In missione per conto del re," sputò la donna, che non mostrava il minimo timore. "Voi avete la spada di un cavaliere, ma non sfoggiate alcun emblema di nobiltà. La missione del re è così pressante da impedirvi di aiutare un bisognoso? Un giovane cresciuto in una dimora umile, come voi? O è forse la vostra ambizione – l'ambizione di ottenere terre e titoli grazie al favore del re – a impedirvi di correre anche solo un rischio minimo per aiutare un'altra persona?"

Domenico ebbe un sussulto di stupore. Con poche frasi, quella donna – quella strega – aveva riassunto la sua vita meglio di quanto avrebbe potuto farlo lui stesso. Le conclusioni di Rufina non gli erano gradite.

Accanto a lui, il suo cavallo si mosse, ricordandogli il compito che doveva svolgere. "Devo andare; sarebbe meglio che voi–"

"Oh, lo salverò, non dubitate. E salverò anche la vostra coscienza sporca. Ma sappiate una cosa." Rufina affondò le mani nelle profondità della lurida tunica di lana. "Fino a quando non riuscirete ad abbandonare l'ambizione e a sacrificare i vostri desideri per un'altra persona, non conoscerete né la vera gioia di questo mondo né la pace della morte. La vostra vita è così preziosa che rifiutate di rischiarla? E allora che vi appartenga per sempre!"

La donna ritrasse la mano dalla tunica in un lampo. Domenico schivò, aspettandosi che ella estraesse un pugnale del tipo che le donne di malaffare usavano spesso come difesa, ma il palmo di Rufina conteneva solo una polvere verde, che lei gli scagliò in viso. Un fastidioso formicolio bruciante gli punse le guance mentre lui se le puliva. Doveva trattarsi di una mistura di edera velenosa o una qualche pianta simile.

In lontananza, si levarono voci rabbiose, distraendo Domenico dai tentativi dell'incantatrice di intimidirlo. Quella stolta lo avrebbe fatto ammazzare.

"Nascondetevi!" sibilò lui, per poi montare a cavallo. Dirigendosi verso la lunga strada che portava alla Sicilia, Domenico espresse con fervore il desiderio di non incrociare mai più la strada di Rufina.

Capitolo uno

Boston, oggi

Con un po' di fortuna, la bellezza appollaiata sulla sedia di cuoio e ottone nella sua lobby lo avrebbe condotto da Rufina.

Nick Black osservò l'immagine sullo schermo a circuito chiuso dietro la sua scrivania, guardando la principessa Isabella diTalora di San Rimini controllare discretamente il Rolex. La donna aveva la schiena dritta e un sorriso sul volto, ma Nick sospettava che nemmeno i reali moderni apprezzassero l'attesa.

Nick sorrise dentro di sé. L'antenato della donna, re Bernardo, non avrebbe mostrato tutta quella pazienza. Lo stridere delle sirene di un'ambulanza lo raggiunse a trentacinque piani al di sopra del distretto finanziario di Boston, per poi svanire.

Nick trangugiò due aspirine e le accompagnò con un bicchiere d'acqua fredda, quindi si voltò verso Anne Jones, sua assistente da quasi otto anni. "Preferirei non avere a che fare personalmente con lei."

"È una principessa, non una collezionista qualsiasi. Si aspetterà una spiegazione."

Anne lo conosceva abbastanza bene da non aggiungere, *E poi, è stato lei ad accettare l'appuntamento.*

E in verità, Nick lo aveva fatto davvero, in un momento di stupidità. Ma se il curatore della sua collezione, Roger Farris, fosse riuscito a capire cosa volesse la principessa, tanto di guadagnato. Meno gente con cui Nick aveva a che fare – soprattutto individui di alto profilo come la viziata principessa Isabella – meno il suo nome sarebbe stato pronunciato e la sua foto scattata. Ciò avrebbe allungato il periodo di tempo che lui avrebbe potuto trascorrere nello stesso luogo, o durante il quale avrebbe potuto usare lo stesso pseudonimo, prima che la gente si insospettisse del fatto che non sembrava invecchiare mai.

La tecnologia moderna lo avrebbe messo in trappola se lui non fosse stato attento e ciò avrebbe portato a un genere di caccia alle streghe molto diverso da quello che stava conducendo lui.

Rivolse a Anne una scrollata di spalle. "Può pensarci Roger. Sospetto che Sua Altezza voglia acquistare alcuni dei miei quadri o artefatti per il museo nazionale di San Rimini. Ho sentito dire che è una delle sue sostenitrici più accanite. In tal caso, Roger sa che io mi aspetto qualcosa in cambio. Preferibilmente uno scambio di opere. O di manoscritti." Manoscritti che avrebbero potuto aiutarlo a scoprire cosa ne fosse stato di Rufina e come infrangere la maledizione.

"Naturalmente. Mi assicurerò che Roger le dedichi attenzioni speciali." Anne si sistemò i capelli rossi striati di grigio e si passò la lingua sui denti prima di uscire in corridoio e dirigersi verso un'altra interazione con la famosa principessa.

Nick ringraziò le sue buone stelle – le poche che aveva – per l'efficienza di Anne e per il fatto che la donna non faceva molte domande. Gli sarebbe dispiaciuto molto perderla quando avrebbe dovuto cambiare di nuovo identità.

Nick angolò la sedia di pelle nera in modo da essere di nuovo rivolto verso il piccolo schermo. Un attimo dopo, vide la principessa alzarsi e voltarsi verso l'ascensore. Roger apparve alla vista, i capelli in ordine, la postura raffinata e vestito come sempre in un completo navy di sartoria con le scarpe lucidissime.

Roger fece un piccolo inchino, poi tese la mano. "Principessa Isabella. È un onore."

La bruna snella accettò la stretta di mano, quindi gli rivolse quel sorriso che i paparazzi adoravano immortalare. "Sono lieto di conoscerla, signor Black. Come lei sa, era da tempo che cercavo di organizzare un incontro di persona."

La voce della donna scivolò addosso a Nick come una doccia calda dopo una rigida giornata d'inverno. Aveva visto foto e filmati della principessa, ma non l'aveva mai sentita parlare. Come si era aspettato, la donna non aveva la minima traccia di accento sanriminese. Era palese che gli anni trascorsi ad Harvard l'avevano aiutata a padroneggiare l'inglese americano. E tuttavia, nel suo tono di voce c'era una qualità regale che rendeva palese che non era una donna qualsiasi.

Era il genere di donna per cui Nick aveva visto degli uomini morire.

SCANDALI REALI: SAN RIMINI

Degno di una regina

Andare al castello

La tutrice del principe

Il bacio del cavaliere

Innamorarsi del principe Federico

Baciare un re

Iscriviti qui alla newsletter in italiano di Nicole. Gli abbonati ricevono materiale bonus e informazioni sulle prossime uscite. Puoi annullare l'iscrizione in qualsiasi momento.

L'AUTRICE

Nicole Burnham è la premiata autrice di oltre venti romanzi.

Per saperne di più riguardo ai suoi libri, visitate nicoleburnham.com.